검은 옷의 남자와 그가 주운 고양이

검은 옷의 남자와 그가 주운 고양이

김리원 지음

북레시피

차례

신부

자살한 사람들에게선 비 냄새가 난다.

늦겨울의 지하철역은 이미 자정이 가까워 텅 비어 있었다. 정원은 근처 성당에 손님 신부神父로 다녀오던 길이었다. 계단 밑에 쭈그리고 앉은 교복 차림의 여자아이가 눈에 뜨였다. 고개를 양팔에 파묻고 있어, 윤기 없는 단발머리가 가느다란 팔 위에 쏟아져 있었다.

정원은 신부라는 자신의 직업이 여러모로 결벽증적인 면모를 갖게 한다고 생각했다. 서른일곱이나 된 아저씨가 여중생에게 말을 거는 건 어딜 봐도 이상해. 어린애지만 어쨌든 여자잖아. 그리고 저 애도 곧 제가 갈 곳으로 가겠지. 정원은 젖은 흙냄새 같은 짙은 비 냄새를 모른 척하며 바삐 계단을 올랐다.

신부님.

여자애가 창백한 얼굴을 들고 말했다.

신부님에겐 내가 보이네요. 그렇죠?

정원이 뒤로 물러섰다.

소녀가 신부의 뒤를 총총 따라오며 말했다.

우리 엄마, 잘못 없잖아요.

"누가 잘못했대?"

신부는 뒤따르는 소녀를 내버려 두고서 긴 다리로 계단을 두 칸씩 뛰어 올라갔다. 그러나 몸을 놓은 소녀는 나비처럼 가벼이 신부의 뒤를 따랐다.

제발, 제가 죽은 건 엄마 탓이 아니라고 말하게 해주세요.

"살아서 네가 말하지 그랬어."

신부님이잖아요. 신부님은 남을 도와주는 사람이잖아요.

"딴 신부는 그럴지 몰라도 난 아냐."

도와주세요. 제발 우리 엄마 좀 살려주세요.

"닥쳐, 내가 왜 처음 보는 너랑 네 엄마랑 엮여야 돼?"

신부의 목소리가 빈 지하차도에 울렸다. 막차에서 내린 대학생들이 술이 확 깬 얼굴로 신부를 쳐다보았다. 신부가 황급히 낡은 잠바의 지퍼를 끝까지 올려 하얀 로만 칼라를 감추었다.

신부님.

마지막 버스를 향해 뛰어가다 버스를 놓친 후 욕설을 뱉은 신부가 길가에 뒹구는 테이크아웃 커피 컵을 걷어찼다.

"말 걸지 마라. 이젠 대답 안 할 거니까 괜히 기운 빼지 말라고."

신부님.

정원이 택시를 향해 손을 흔들었다. 마지막 버스가 끊긴 전철역 앞에는 택시를 잡으려는 이십 대들이 십여 명이 넘었다. 정원은 눈앞에서 택시를 타고 사라지는 대학생들을 멍하니 바라보며 중얼거렸다.

"젊으면 좀 걷든가."

신부님. 대답 좀 해주세요.

정원이 지도앱을 켜 사제관 주소를 검색하고는, '도보로 두 시간 삼십 분'이 나오는 걸 보고 한숨을 푹 쉬더니 걷기 시작했다.

신부님.

정원은 십여 미터 앞 차도에 선 주황색 택시를 보고 반색하며 손을 흔들었다. 비틀거리는 취객을 내려준 후 차선을 바꾸려던 택시가, 긴 깜빡이등으로 정원의 시야를 눈부시게 밝히며 앞으로 다가왔다. 정원이 몇 걸음 뒤에서 아쉬워하는 취객들의 소리를 들으며 의기양양한 얼굴로 차 문을 열었다.

"신희동 갑시다."

"마침 우리 집이 그쪽인데. 부천이우."

"잘됐네요."

신부님. 엄마가 제가 간 길을 따라오려고 해요. 도와주세요.

"뭐하슈? 안 타고."

피로한 얼굴의 택시 기사가 창을 내려 정원을 올려다보았다.

제발, 우리 엄마 살려주세요. 엄마가 저처럼 스스로 죽어버리면, 원래 살았어야 할 날까지 이 세상을 헤매야 할 텐데. 1초가 영원과 같은 건 저만으로 충분해요. 제발, 엄마에게 절 따라오지 말라고만 말하게 해주세요.

정원이 차 문을 열어놓은 채 멍하니 서 있자, 택시 기사가 짜증스레 중얼댔다. 이 양반이 술 먹고 멀쩡하게 서서 주정하나. 원 별 미친놈을 다 보겠네.

"……네 엄마가 어딨는데."

"뭐? 이 새끼, 이거 정신 나간 새끼 아니여?"

5분 정도 걸어가면 돼요. 우리 엄만 여기 역 앞 식당에서 일하세요.

정원이 말없이 택시의 문을 도로 닫았다. 택시 기사가 욕설을 내뱉더니, 뒤에서 눈치를 보다 급히 택시에 올라타는 손님을 태우고 출발했다.

신부님. 저 택시 기사 아저씨가 신부님을 미친 사람으로 아나 봐요.

"넌 좀 가만히 있어라."

정원이 한숨을 쉬며 말을 이었다.

"네 엄마한테 하고 싶은 말 해. 딱 10초 빌려줄 테니까."

10초는 너무 짧아요.

"내 몸에 죽은 사람을 담을 수 있는 시간은 10초야. 싫음 말고."

정원이 성큼성큼 걸어가자 소녀가 바로 뒤따랐다.

아녜요. 신부님. 같이 가요. 네?

테이블 네댓 개가 전부인 24시간 영업 김밥집의 낡은 간판이 깜박거렸다. 작은 TV에서 철 지난 청춘 시트콤이 방영되고 있었지만, 몇 없는 손님들은 스마트폰만 들여다보고 있었다. 눈에 졸음이 가득한 오십 대 여자가 김밥을 마는 틈틈이 음식을 날랐다.

우리 엄마다. 우리 엄마.

소녀가 깡충거리며 김밥 마는 여자의 주위를 돌았다. 여자는 여린 얼굴의 소녀와 웃을 때 눈매가 비슷했다. 여자가 김밥을 말다 말고 TV 화면을 멍하니 바라보았다. TV에서는 교복 차림의 여자애들이 깔깔대는 장면이 나오고 있었다.

주인인 듯한 중년 남자가 여자를 툭 쳤다.

"아줌마, 김치김밥 두 줄, 참치김밥 한 줄 있다고 말했잖아요. 지금 드라마 볼 때예요?"

여자는 황급히 김을 펼치고 깻잎을 깔았다. 깻잎 위로 툭툭 물기가 떨어지자, 여자는 주인의 눈을 피해 얼른 그 깻잎을 버리고 새것을 꺼냈다. 그러는 중에도 여자의 뺨이 젖는 것을, 소녀가 쉴새 없이 닦아냈다. 그러나 작고 투명한 손이 아무리 뺨을 쓸어도, 끊임없이 새어 나오는 물기는 닦이지 않았다.

여자는 새벽 다섯 시에 퇴근을 하고 식당 문을 나섰다. 참치김밥을 시켜놓고 물만 마시다가 일어났던 훤칠한 손님이 자신을 향해 다가오자 놀란 그녀는 별생각이 다 들었다. 요새는 이상한 범죄자들도 저렇게 멀쩡하게 생겼다니까. 안개처럼 촉촉하게 내리는 보슬비가 말없이 자신을 쳐다보는 남자의 주위에 이상한 기운까지 만들어내는 것 같았다. 여자는 말라가는 목에 침을 꿀꺽 삼키며 뒷걸음질했다.

"자매님, 아니 아주머니."

뭐야, 사이비?

남자가 낡은 손목시계의 초침 카운트다운을 맞추더니 한숨을 쉬며 말했다.

"여기서 10초만 기다려주십시오."

여자는 기다리는 대신 걸음을 빨리했다. 남자가 여자를 가로막았다.

"왜 이러……."

여자가 말을 잇지 못했다. 남자의 얼굴 위로 단 한

순간도 잊지 못했던 얼굴이 겹쳤다. 꿈에라도 나와달라고 밤새도록 울부짖게 하던 그 얼굴이, 입을 벌리려 했다.

아. 바람이 느껴져. 공기가. 우리 엄마 냄새. 엄마.

"우리 아기!"

……2, 1.

삑. 카운트다운이 끝나면서 남자가 무너지듯 주저앉았다. 동시에 겹쳐 있던 소녀의 얼굴은 사라지고 본래 모습으로 돌아온 남자가 구역질을 하며 몸을 비틀었다.

"시발, 내가 이럴 줄 알았지. 단 한 명도 다를 바가 없다니까. 단 하나도. 산 몸으로 느끼는 공기가 그렇게 좋으면 죽지 말고 살아 있든가."

"아, 우리 아기가."

정원은 덜덜 떨면서 가방을 열어 오렌지주스 병을 꺼냈다. 그리고 뚜껑을 열어 마시려다 다 엎고 말았다. 죽은 사람을 몸에 담고 나면 온몸이 뒤틀리는 듯한 통증이 왔다. 이런 식으로 10초가 지난 뒤면 그는 자기 몸의 뼈가 어긋나지도 않고 팔다리가 붙어 있다는 게 늘 믿기지 않았다. 그 통증을 알면서도 자신이 외면하면 누군가가 또 몸 없이 헤매게 될까 봐 무서웠다. 왜 내가 쓸데없이 죄책감을 느껴야 하지? 내가 왜 이 쓸모없는 짓을 해야 해?

무엇보다 몸을 빌려주면서 서로의 지난날을 주마등처럼 훑게 된다는 게 가장 싫었다. 그는 남의 내밀한 고통을 아는 것도, 자신의 고통을 남이 알게 되는 것도 싫었다. 그럼에도. 누군가가 죽은 자를 따라 몸을 놓을까 봐 두려워 이 짓을 감수하고 있다니. 몸을 샅샅이 뒤지던 통증이 검은 꼬리를 끌고 느릿하게 지나가는 것을 느끼며 정원은 축 늘어졌다. 급격히 떨어진 체온에 비타민과 당이 필요했다. 정원은 엎어진 오렌지주스 병을 바라보다가 두 팔로 몸을 감싼 채 와들와들 떨었다.

"괜찮…… 괜찮으세요?"

"안 괜찮습니다."

"방금, 우리 아기가."

정원은 고개를 저으며 속으로 말했다. 사실 내 몸을 10초간 빌려준 거죠. 내 몸에 죽은 사람을 담고 견딜 수 있는 건 10초 전후더라고요. 근데 몸을 빌려줘 봐야 뭐하냐고. 산 사람에게 꼭 전하고 싶다는 말을 또 못 전하잖아. 붕어도 나보다는 학습 효과가 있을 텐데. 정원은 그 말 대신 간신히 손을 뻗어 주스 병을 줍고는 남아 있는 주스를 탈탈 털어 마셨다. 신맛의 당분이 들어가자 어지럼증이 좀 가라앉았다.

"아주머니. 따님이 죽은 건 아주머니와 아무 상관이 없습니다. 아시겠습니까?"

"그쪽이, 우리 아이를 아세요? 우리 아이를 어떻게 아세요?"

"몰라요. 이름도 모릅니다. 근데 이거 하나는 알아요. 아주머니랑, 그 애가 죽은 이유는 아무 상관이 없다는 겁니다."

"우리 애는 저 때문에 죽은 거예요."

"아닙니다. 전혀 상관없습니다."

"제가 능력이 있어서 양육비도 받아내고 좋은 직장에서 뒷바라지라도 잘해줬으면 우리 애가 그렇게 가지는 않았을 거예요."

"그것도 아닙니다."

"하지만."

"절 아주머니께 인도해준 하느님, 하나님, 부처님께서 아니라고 하셨습니다. 아주머니가 그분들보다

위대합니까?"

여자가 펄쩍 뛰듯 말했다.

"아니요, 전 그런 뜻이 아니라……."

아주 마녀사냥을 해라 정원아. 귀찮으니까 무턱대고 몰아가기냐? 신부는 스스로에게 쓴웃음을 지으면서 말했다.

"오늘부터 집 근처의 성당이건 절이건 교회건 가장 가까운 곳으로 매일 가십시오. 따님이 천국에 가길 비는 기도를 10년 동안 하셔야 합니다."

"매일…… 10년이요?"

"예. 요즘 매일 술 드시죠? 술 끊으시고, 재혼도 하십시오. 재혼한 남편과 같이 기도하면 5년으로 줄일 수 있습니다."

"재, 재혼이요?"

"방금 따님 얼굴 보셨죠? 따님이 저한테 다 말해준 겁니다. 아시겠습니까? 전 다 알고 있습니다. 제가 시킨 대로 하지 않으면 자매님 따님은 천국에 못 갑니다. 딴 데 부잣집 딸로 태어날 예정인데 환생도 못 하는 거예요. 하루라도 기도를 못 하면 10년 다시 시작하는 겁니다. 아셨죠? 기도. 재혼. 제가 시킨 대로 하시깁니다."

혼이 나간 듯 고개를 주억거리는 여자의 뺨에 젖은 가로등 불빛이 빛났다. 신부가 나뒹구는 주스 병을 챙겨 일어섰다.

텅 빈 밤거리를 혼자 걷던 신부가 가방에서 새로 산 오렌지주스를 꺼내 마셨다.

신부님.

"꺼져. 내가 또 속았지."

살에 와닿는 물기 섞인 안개가, 바람이, 너무너무 달았어요. 우리 엄마 냄새가 났어요. 그때, 내가 왜 그랬을까요. 바람이. 너무 좋았는데. 뛰어내릴 때 깨달았어요. 뭔지 몰라도 방법이 있었을 텐데. 정말 나한테는 너무 많은 기회가 있었는데. 나 우리 엄마 힘들게 하려고 한 게 아닌데.

소녀가 눈물을 닦았다. 신부는 아무 말도 하지 않았다.

미안해요. 신부님 몸이 얼마나 아파하는지 느껴져요. 근데 정말 미안해요. 그래도 우리 엄마가 나 따라오지 못할 것 같아서, 이젠 좀 덜 울 것 같아요.

"……네 남친 행세한 새끼는 지옥행 열차를 탈 거야. 너한테 그런 짓을 한 그 새끼 친구들도 전부 옆좌석 탑승일 거고. 그러니 걱정하지 마."

소녀가 웃었다.

거짓말이신 거 알지만, 되게 기분 좋네요.

"거짓말 아냐. 넌 사람 말을 못 믿냐?"

우리 엄마한테도 거짓말했잖아요.

"누가 거짓말이래? 증거 대봐. 엉?"

추위에 몸을 녹이려 박스를 고쳐 덮던 노숙자는 장신의 남자가 지하철역 계단 끝에 위태롭게 선 것을 보았다. 경사도 없는데 유난히 추락사고가 많던 곳이었다.

남자가 속삭이듯 말했다.

"그동안 고생했다. 이제 편히 쉬어."

노숙자는 남자의 손끝에서 빛이 떨어지는 것을 보았다. 어둠은 빛에 녹아들며 새벽빛 속으로 사라지고, 윤곽이 둔했던 계단이 빛 속으로 드러났다. 그리고 남자는 셔터가 내려간 지하철 계단 앞에서 구부렸던 몸을 일으켰다. 서른 후반쯤으로 보이는 남자의 머리칼은 그사이 꽤나 허옇게 센 것처럼 보였다. 노숙자는 눈을 비볐다. 머리칼의 색과 윤기를 잃은 남자가 기운 없이 비틀대며 걸어가는 뒷모습을 보던 노숙자는, 술을 좀 줄여야겠다고 마음먹었다.

정원은 서른일곱, 가톨릭 노인요양원의 원장신부였다. 요양원 직원들은 큰 키에 말이 없는 원장신부에게 늘 깍듯했지만, 신부는 별 표정도 없이 목례로 답하고는 했다. 늘 들고 다니는 까만 크로스백에 오렌지주스 두어 병을 담아 원장실에서 나오는 신부에게 직원들이 목례하자, 신부는 대꾸도 않고 병원을 나와 지하철역으로 향했다.

계절에 맞지 않는 여름 트레이닝복 차림의 육십 대 중년 남자가 지하철역 한구석에 주저앉아 있다가 신부를 보고 급히 따라나섰다.

그쪽, 신부님이지? 나 아들한테 할 말이 있으니까 몸 좀 빌려줘.

신부는 돌아보지도 않았다.

얘기 다 들었어. 몸을 빌려준다며.

신부가 대꾸 없이 걸었다.

다 알고 왔다고. 아직 살아 있는 사람들한테 할 말을 전하도록 해준다며. 나한테도 몸을 빌려줘.

신부가 돌을 걷어찼다.

"맡겨놨어?"

우리 아들이, 아비 사업에 명의 빌려줬다가 신불자에 전과자 된 것도 억울한데 내 길을 되밟으려고 하잖아. 내 꼴로 만들 수는 없어.

"누가 아들 명의로 사업하래? 내가 당신 덕에 백 원이라도 벌었어?"

중년 남자가 신부의 뒤를 졸졸 따라왔다.

신부님, 난 다른 놈들이랑 달라. 약속할 수 있어. 할 말 딱딱 하고 아들만 구할 거야. 신부님만 협조하면 돼.

"알 게 뭐야. 지하철역 우중충하게 만들지 말고 꺼져."

신부가 가방을 고쳐 쥐며 지하철역 앞 버스 정류장에 섰다. 자살한 자들은 걷거나 뛸 수는 있어도 교통수단을 이용할 수는 없었다. 아무 버스나 잡아타기만 하면 저 귀찮은 자도 어쩔 도리가 없을 터였다.

신부님. 며느리가 암 말기야. 손녀 둘에, 여자 셋이 무슨 죄가 있어. 그냥, 아들한테 딱 한 마디만 할게. 난 10초도 다 필요 없어. 5초면 돼. 일단 살아 있으라고만 말하게 해줘. 병들어 죽으면 이승을 떠나기나 하지, 자식이 나처럼 산 사람들 사이로 울부짖으며 헤매 다니는 꼴은 못 보겠어. 나도, 사실은 잘해보려고, 다 같이 잘 살아보려고 했는데. 내 자식들을 불행하게 하려고 그랬던 게 아닌데.

버스가 와서 섰다. 신부가 말했다.

"……10초. 더는 안 돼."

중년 남자의 얼굴이 밝아졌다.

인쇄공장은 프레스 공정 때문에 위험도가 높아 이제 내국인—공장에서 한국인을 그리 불렀다—보다 외국인들이 많았다. 중년 남자의 아들은 많지 않은 한국인 생산직 중 한 명이었다. 딱딱 내려오는 프레스의 리듬에서 잠깐이라도 삐끗하면 손가락이 그대로 날아갔다.

고참이 아들에게 고함쳤다.

"이새낀 어디다 한눈을 팔아. 야, 너 산재 신청 안 되는 거 알지? 그거 사장이 제일 싫어해. 괘씸죄에 걸리는 거야. 알아?"

무덤덤한 표정으로 고참의 말을 듣던 아들은 체납 독촉 문자가 가득한 휴대폰을 내려놓고 점심시간 30분을 이용해 공장 앞 편의점에 갔다. 그는 편의점 앞에 꽂힌《벼룩시장》을 빼다가, 자신에게 다가서는 커다란 인영에 놀랐다. 180센티미터가 넘는 늘씬한 체격과 서늘한 눈매, 맺힌 데가 없는 흰 손이 근처에서 본 적이 없는 남자였다.

"뭐, 뭐요."

"10초만 기다리십시오."

"뭐라고요?"

남자가 지긋지긋하다는 듯 한숨을 쉬며 낡은 손목시계의 카운트 버튼을 눌렀다. 그리고, 남자의 얼굴에 익숙한 얼굴이 겹쳤다.

신부의 몸에 들어간 중년 남자는 산 육신으로 밀려들어오는 감각에 일순간 숨을 쉬지 못했다. 늘 때 낀 유리창 건너편 풍경처럼 보이던 세상이 총천연색을 되찾았다. 하늘이 저렇게 파랬었나. 바람에 흔들리는 반투명한 벚꽃잎들이 저런 빛깔이었단 말인가.

모든 감각이, 살아 있을 때처럼 그대로 밀어닥쳤다. 편의점에서 풍기는 매운 컵라면 냄새, 일회용 믹스커피의 달달한 냄새와 머리칼을 스치는 보드라운 바람. 방금 그친 빗방울이 전선에서 떨어져 손등에서 깨지는 차가운 물의 촉감. 모든 것이 살았을 때와 똑같아. 물 빠진 색채로 무감각하던 세상이 사라지고, 모든 것이 생생히 살아 돌아왔다. 살아 있을 적엔 미처 느끼지 못했던 바람의 감촉이 이런 거라니. 나는 매분 매초 천억 개의 축복을 받으며 살았던 것과 똑같아. 중년의 남자는 입을 벌린 채 넋을 잃었다. 신부가 욕을 뱉고 말했다.

"……3, 2, 1. 또 이 꼴이네. 나가."

중년 남자가 허겁지겁 말했다.

1분만. 아니 10분만. 아니, 하루. 아냐, 한 달만.

"10초라고 했어."

신부님, 아무것도 모르고 살아가는 모양인데, 내가 잘 가르쳐줄 수 있어. 나도 당신이 어떻게 살아왔는지 다 봤어. 나라면 이런 몸을 갖고서 당신처럼 재미없게 살지는 않아. 어차피 당신 다쳐도 치료도 제대로 안 하고 제대로 먹고 자지도 않잖아. 내가 이 몸 잘 돌봐줄게. 내가 이 몸에 살면서 잘 보살펴줄게. 아프잖아. 지쳐서 살고 싶지도 않잖아. 그냥, 쉬어. 자고 있으면, 내가 이 몸을 잘 돌봐줄 테니까…….

"나가라, 그냥."

신부의 얼굴에서 어른대던 중년 남자가 쫓겨나듯 튕겨 나가자마자, 정원은 구토를 하면서 몸을 웅크렸다. 죽은 사람과 산 사람이 한 몸에 같이 있으면 그 10초 사이에 서로의 인생을 주마등처럼 훑게 되는데, 정원에겐 썩 유쾌한 감각이 아니었다. 이번에 정원이 몸을 빌려준 남자는 작은 회사 사장으로, 여직원 성추행을 밥먹듯 한 것 같다. 정원이 구역질을 했다. 죽은 자의 아들이 멍하니 정원을 보다가 허겁지겁 부축했다.

"저기, 지금 아버지가…… 아니, 선생님은, 그…… 무당 같은, 그런 분이십니까?"

"무당?"

"무, 무당 맞으십니까?"

"무당이라고. 하하하."

빈속이라 약간의 위액만을 토하는 데 그친 정원이 대답 대신 히스테릭하게 웃었다. 중년 남자의 아들이 공포에 질린 표정으로 정원을 보았다.

"저기, 선생님, 무당이래도 저한테서 뭐 얻어가실 거 없습니다. 저 굿할 돈은 고사하고 점 볼 돈도 없는 사람입니다."

대꾸 없이 키득거리던 정원이 가방을 열어 오렌지 주스를 꺼내 마셨다.

"죽지 마. 네 아버지가 죽지 말래."

그가 눈을 크게 뜨고서 신부를 쳐다보았다.

자살하면, 원래의 수명을 채울 때까지 죽은 곳에서 헤매게 돼. 몸이 없는 채, 끝없이 누군가에게 구원을 요청하지만 아무에게도 보이지도 들리지도 않는 1초가 얼마나 긴지 네가 알겠어? 사후란 끝이 아님을 다들 실감하지 못하지만…… 정원은 그렇게 얘기하는 대신 다르게 말했다.

"일단 죽지 마. 아까 네 아버지 얼굴 봤지? 자살하면 죽어서 편하지도 않아. 뻥 뚫린 검은 구멍이 출구로 보이는 때도 있겠지. 하지만 거기가 천국은 아니다? 일단 일주일만 살아 있어. 그리고 또 하루씩만 살아 있고."

중년 남자의 아들은 멍하니 서 있었다. 신부가 주스 병뚜껑을 닫으며 일어섰다.

지긋지긋하다 정말. 신부가 중얼거렸다.

신부는 네 살 때부터, 자살해 죽은 사람과 산 사람을 구분할 수 없었다. "저기 서 있는 저 아줌마는 누구예요? 저렇게 얼굴이 파란 사람은 처음 봤어요." 네 살짜리 아이의 말을 들은 어른들의 표정이 희게 질릴 때부터, 신부는 말이 없어지게 되었다.

부동산투기로 준재벌이 된 졸부 집안의 5대 독자가 좀 이상한 애라는 소문은 사그라들지 않았다. 열일곱이 되었을 때 그는 질투에 찬 사촌이 입양아가 저 재산을 다 가져도 되느냐고 소리치는 바람에 자신의 출생에 대해 알게 되었다.

신부의 친아버지는 무속인으로, 백두산 정기를 받아 죽은 자들을 볼 수 있다고 떠벌리고 다녔다. 그러고서 죽은 이의 한을 풀려면 거액을 들여 굿을 해야 한다며 자살자들의 가족들을 파탄내더니, 종국엔 아이를 갖고 싶다며 보육원 소녀를 범하고 죽었다.

강간당한 여중생은 혼자 아기를 낳은 뒤 낡은 운동화만 남기고 한강 다리 위에서 뛰어내렸다. 여중생이 낳은 아기는 다른 보육원으로 보내졌고, 오랜 난임 치료에 지친 상태로 보육원 봉사에 나섰던 어느 부부는 갓 태어난 남자아이가 자신들을 보고 방긋 웃자 차마 품에서 내려놓지 못했다.

출생의 비밀을 알게 된 이후로 아이는 친부모의 흔적을 좇았다. 친아버지는 수십 건의 사기 기록으로, 친어머니는 그녀가 살았던 보육원 책장에 방치된 일기장과, 성당에서 노래하던 비디오테이프로만 남아 있었다.

열일곱의 정원은 열네 살 여중생이던 친어머니가 노래하는 모습을 비디오로 보았다. 단발머리 소녀는 얼굴이 유독 하얘 성가대 맨 뒤에 서 있어도 한눈에 알아볼 수 있었다. 소녀는 자그마한 입으로 들릴 듯 말 듯 아름다운 성경 구절의 노래를 불렀다.

소녀의 일기장 첫 장에 쓰여 있는 장래 희망은 성

가에서 빌려온 모양이었다.

내 꿈: 세상의 빛이 되는 사람.

여중생은 소심한 성격이었는지, 곧 그 문장을 금을 그어 지우고 고쳐 써넣었다.

~~내 꿈: 세상의 빛이 되는 사람~~.

내 꿈: 세상에 빛을 더하는 사람.

여중생은 일기장에 만화를 가득 그려놓았다. 자신을 보육원에 맡긴 뒤 금방 데리러 오겠다던 아버지가 나타나 예쁜 드레스를 입은 인형과 새 옷들을 선물하는 만화를.

만화 속에서, 같은 반 친구들은 아버지가 데리러 온다는 여중생의 말이 거짓이 아니었음을 알게 되어 다들 사과하였다. 빛이 반짝이는 새 옷을 입은 여중생은 그들을 관대하게 용서하고는, 하얀 날개 달린 천사들과 꽃나무들이 가득한 천국으로 급우들을 초대했다. 여중생과 그 친구들은 다정한 천사들과, 소녀의 아버지가 사다 준 백화점 아이스크림을 나누어 먹었다. 천사들은 소녀들에게 중요한 임무를 맡겼다. 소녀들은 세상에 태어날 아기천사들의 날개를 등 뒤 날개뼈 안에 접어 넣어 감춰주는 어려운 일을 해내

느라 시간 가는 줄 몰랐다. 그곳에선 아무도 눈물 흘리지 않고, 아무도 왕따를 당하지 않았다.

어머니, 라고 부를 수 있을까? 열네 살에 강간당해 아기를 낳고 자살한 소녀가 그 호칭을 들으면 어떤 얼굴을 할까? 오래되어 비가 내리듯 지직거리는 비디오 화면 속, 자그마한 얼굴의 소녀는 수줍게 성가를 불렀다. 만화가의 꿈을 꾸었던, 보육원의 여자아이. 그녀가 꿈꾸었던 미래와 천국과 천사들. 그녀는 자신의 운명을 상상이라도 했을까?

나는 세상의 빚— 즐거운 듯 웃으며 노래하는 여중생의 얼굴을 1초라도 놓치지 않으려, 어린 정원은 눈가에 맺히는 눈물을 닦지 않았다.

정원은 친아버지를 증오했다. 귀신이 보인다고 해서 사람들에게 사기나 치고 다니고, 거기다 죽기 전에 아이를 낳겠다고 어린 여자를 강간해? 개새끼. 난 아이를 낳지도, 귀신을 보지도 않을 거야.

정원은 공부는 뒷전이었다. 어떻게든 귀신을 안 볼 수 있는 방법을 알아내려고 온갖 점집과 무당들을 찾아다녔다. 그리고 그렇게 헤매 다니는 아들을 나무라지조차 못하는 양부모님의 걱정도 모르는 체했다.

정원은 달라는 대로 돈을 주고 점집과 무당들을 찾아다녔다. 하지만 깊은 산 위에 사당까지 차려놓고 역대 대통령을 모두 맞췄다는 무당조차 자신의 어깨에 앉은 귀신을 알아차리지 못하는 걸 보고 절망했다. 마지막 희망으로 찾아간 곳이었건만…….

하루 종일 아무것도 먹지 않고 산을 도로 내려오던 정원은 길을 잃고 헤매었다. 그러다 정신을 잃었다. 눈을 뜨니 그는 누군가의 무릎을 베고 누워 있었다. 알지도 못하는 여노인이었다. 귀신인가. 정원은 심신이 피곤할수록 귀신과 사람을 구분할 수 없었다. 노인이 말했다.

"아가, 집에 가야지. 네 어미가 걱정할 게다."

정원은 냉소를 지었다.

"할머니가 우리 엄마를 아세요?"

노인이 정원을 보았다.

"네 친어미 말이니, 길러준 어미 말이니?"

아이가 놀라 노인을 바라보자 노인이 미소를 띠며 말했다.

"죽은 자들을 만나다 보면 네 친어미가 널 보러 올 거야."

노인이 정원의 머리를 쓰다듬었다. 어머니가 자신을 원망할 건 당연했다. 그러나, 죽은 어머니가 맺힌 한을 호소하고 원망을 풀기 위해 결국 내 앞에 나타난단 말인가.

“아가. 마지막엔 이 모든 것의 의미를 알게 될 거란다. 오늘은 내 곁에서 좀 쉬도록 하렴.”

노인이 나지막하게 자장가를 불러주었다. 하루 종일 굶고 사당을 헤매 다닌 몸에, 노인의 자장가는 마법처럼 스며들었다. 정원은 까무룩 잠이 들었다.

시간이 얼마나 흘렀을까. 정원은 땀에 젖은 채 잠에서 깨었다. 깨어나니 한낮이었다. 낙엽을 이불처럼 덮고 있어 덥기까지 했다. 그 할머니는 어디 가셨지? 물어볼 게 너무 많은데. 정원은 해가 지도록 다시 산을 헤매다가, 부모님이 신고해 출동한 경찰에 발견되어 울면서 집으로 돌아왔다.

죽은 자들을 계속 만나라고? 아니, 남들처럼 평범하게 살 거고 죽은 자들을 모두 지나칠 거야. 내 일신의 안위를 지키기 위해서라면, 기어이 날 찾은 어머니가 원망을 쏟아붓는다 해도, 끝까지 못 본 척 고개를 돌릴 거야. 절대로 어머니를 만날 일 없어. 이런 핏줄 따위, 누가 환영하겠어. 내가 여자랑 자고 아이를 낳는 일도 없을 거야.

고등학교를 졸업한 정원은 부모의 만류를 무시하고 가톨릭 신학교에 진학했다.

신학교에서 정원은 좀 이상하면서도 다정한 사람으로 통했다. 말도 표정도 없었지만 누군가가 물품이나 돈 등 필요한 게 있으면 대신 준비해주고는 이름은 밝히지 않았다. "어떻게 저러냐. 괜히 부자가 아니라니까." 갓 입학한 어린 신학생들의 재잘거림을 들은 정원이 쓴웃음을 짓는 것을 아무도 몰랐다.

정원은 신이 있건 말건 귀신만 없다면 만족이었다. 신을 믿지도 않았지만, 엄격하고 정제된 생활로 일관된 신학교 안에서는 헤매는 귀신을 마주치는 일은 없었다. 그러니, 학우들을 돕는 것은 정원에겐 일종의 세금을 내는 기분이었던 것이다.

신학생들은 대부분 모태신앙인 데다 말 그대로 신앙심이 독실했다. 그들은 신앙으로 혹독한 생활을 견뎠다. 그 안에서 정원은 귀신을 피하려는 목적뿐인 자신이 평화로운 선진국에 숨어든 불법체류자처럼 느껴졌다. 나는 여기서 마땅히 가지고 있어야 할 신앙이 없는데. 하여 정원은 도움을 준 어느 누구에게도 생색을 낸 적이 없었다.

정원의 양부모가 가진 소원이라면 아들이 무난히 자라 결혼해 손주를 안겨주는 거였다. 그러나 반대에도 불구하고 정원이 결국 신학생이 되자 양부모는 실망을 감추며 아들을 열심히 지원해주었다. 양부모님이 갑작스러운 교통사고로 사망하고 나서야, 정원은 제 문제를 해결하기에 바빴던 자신의 어리석음을 통감했다. 그러나 돌이킬 수 없는 일이었다.

정원은 우수한 성적으로 신학교를 졸업했고, 보좌신부 시기를 거쳐 요양원의 원장신부가 되었다. 정원은 요양원 6층의 사제관에서 생활했지만, 신부의 휴일인 월요일이면 본가에 들렀다 왔다. 요양보호사들은 정원에게 휴일마다 꼬박꼬박 부모님을 뵈러 가느냐며 효자라고 입을 모았다. 정원은 쓴웃음만 지을 뿐 별다른 말은 하지 않았다.

차에서 내려 딸기를 산 정원이 아파트로 들어섰다. 계단을 몇 개 걸어 올라가 아파트의 비밀번호를 누른 뒤 문을 열고 들어갔다. 아파트 안은 특이하게도 방과 거실, 화장실 모두 문턱이 없었다. 정원이 말했다.

"잘 있었냐?"

검은 머리칼, 흰 피부의 소녀가 휠체어에 탄 채 정원을 노려보았다.

"잘 지냈어. 당신이 오기 전까지는."

정원이 피식 웃고는 식탁 한쪽에 딸기 봉지를 내려놓았다.

"야. 이거 좀 씻어서 접시에 담아와라. 나 먹게."

"당신 손으로 씻어 먹지 그래?"

"귀찮잖아. 다리가 불편해도 좀 떠맡으면 안 되냐?"

"내가 이렇게 된 건 당신 때문이잖아."

"그런가?"

피식대던 정원이 소녀에게 딸기 봉지를 내밀자 소녀는 그것을 바닥에 내팽개쳤다. 딸기가 거실 바닥으로 데굴데굴 굴러 흩어졌다. 소녀가 휠체어를 밀고 지나가자 딸기가 으깨어지며 즙이 피처럼 바닥에 고였다. 그때 그 순간이 떠올랐다. 그때 내가 좀 더 빨리 구해줬더라면 달라졌을까. 정원은 고개를 흔들었다. 후회는 쓸모가 없었다.

8년 전 겨울이었다. 스물아홉, 갓 신부가 된 정원은 자살한 이를 막 몸에서 내보낸 참이었다. 귀신이 나간 몸은 온몸 구석구석이 아팠다. 정원은 비틀대며 전봇대에 기대섰다. 빨리 택시를 타고 사제관으로 돌아가서 두통약이라도 먹어야겠다 싶던 참이었다.

택시를 잡으려던 정원이 멈칫했다. 예닐곱 살짜리 어린 소녀와 함께 걸어가고 있는 남자가 눈에 들어왔다. 남자는 죽은 사람처럼 표정이 없었다. 그러나 그의 손을 잡고 걷는 여자애의 입에서는 하얀 김이 나왔다. 정원은 눈을 비볐다. 몸이 피곤할수록, 자살해 떠도는 사람과 산 사람이 구분되지 않았다. 하얀 입김이 나는 여자애가 남자의 팔에 꼭 매달리자 남자가 뭐라고 중얼거렸다. 정원은 한숨을 쉬었다. 오늘 몸 상태가 별로라 헷갈렸나. 정원이 그냥 지나치려는데, 남자에게서 비 냄새가 났다. 여자애는 아빠와 걷는 게 좋은 듯 남자를 보며 재잘대는데, 남자의 눈은 죽은 사람처럼 빛도 초점도 없었다. 정원은 멈칫하다가, 둘을 뒤따라갔다.

"아빠, 저기 검은 옷 입은 키 큰 아저씨가 우릴 따라와."

여자애의 말에 남자가 힐끗 뒤돌아보았다. 남자에게서 비 냄새가 한층 짙어졌다. 이젠 숫제 음식이 썩는 내와 비슷할 정도였다. 남자는 뒤따라오는 정원을 보더니 아이의 손을 세게 움켜잡고 발걸음을 빨리하며 말했다.

"저런 멀끔한 놈일수록 알고 보면 다 범죄자야. 여자한테 나쁜 짓 해서 몸 망치고 인생 망치게 한다고."

그 말을 들은 정원의 얼굴에서 핏기가 사라졌다. 그는 곧바로 돌아섰다.

정원은 처음 보는 애가 어떻게 되건 말건 나랑 무슨 상관이냐고 되뇌었다. 직감대로 따라 귀찮은 짓하는 것도 20년 가까이 했으면 충분치 않나. 알지도 못하는 애한테 내가 무슨 오지랖을. 정원은 고개를 절레절레 흔들며 걸었다. 귀신을 보며 별별 욕 다 먹고 오해도 받아봤지만 성범죄자로 오해받기는 또 처음이었다. 정원은 입술을 깨물었다. 그의 귀에 여자애의 목소리가 들려왔다.

"아빠, 왜 저기 가? 저기 우리 집 아니잖아."

정원이 뒤돌아보았다. 남자는 좌우를 살피며 낡은 아파트의 정문으로 들어가고 있었다. 수십 년 묵은 복도식 아파트였다. 여자애가 고개를 갸웃거리며 남자의 손에 끌려가듯 걸었다. 더욱 불길해진 느낌에 정원이 다시 그를 뒤쫓아 발걸음을 빨리했다.

냉장고 택배기사가 아파트 출입문으로 들어가는 때를 맞추어 남자는 아이를 붙잡고 현관 유리문을 통과했다. 신부가 따라 들어가려는 순간 출입문이 닫히며, 남자가 뒤를 돌아보았다. 남자의 웃는 얼굴이 기묘하게 시체 같았다.

엮이지 말자. 이번에 끼어들었다간 정말 내 인생이 비비 꼬일 게 분명해. 남들처럼 평범하게 살아야지. 정원은 스스로를 타일렀다. 그리고 그는 택배기사가 배달을 마치고 출입문으로 나오는 순간 아파트 안으로 뛰어 들어갔다.

부녀는 엘리베이터에 막 올라타고 있었다. 택배기사의 냉장고가 워낙 커 이전 엘리베이터는 함께 타지 못했던 것 같았다. 정원은 막 닫히려는 엘리베이터에 올라타 숨을 몰아쉬며 부녀 옆에 섰다. 소녀가 움츠러들며 제 아버지의 손을 끌어당겼다. 표정 없는 남자는 엘리베이터의 숫자 버튼만 응시했다.

남자가 15층 버튼을 눌렀다. 정원은 아무 버튼도 누르지 않았다. 남자에게서 풍기는 썩은 음식물 같은 비 냄새에 질식할 것 같았다. 얼굴을 구긴 키 큰 사내를 본 소녀가 겁에 질린 표정으로 남자에게 바싹 안겼다.

문이 닫히며 엘리베이터가 올라갔다. 엘리베이터가 3층을 지나는 순간, 남자가 5층을 누른 뒤 5층에서 문이 열리자마자 소녀와 함께 내렸다. 정원이 열림 버튼을 눌렀으나 문이 닫혔다. 정원은 급히 6층부터 이어지는 네댓 개의 버튼을 몽땅 눌렀다.

"이런 씨!"

정원은 가까스로 문이 열린 7층에서 내려 계단을 구르듯 뛰었다.

아파트 5층 복도에 선 남자가 제 딸을 난간 위로 들어 아이가 비명 지를 새도 없이 아래로 던지고 있었다.

정원은 계단을 뛰어 내려갔다. 나는 왜 엘리베이터를 놔두고 굳이 계단으로 뛰어가는 거지. 구르듯이 뛰어 다가가니, 아이는 바닥에 떨어져 기절해 있었다. 아파트 앞으로 조경된 수십 년 자란 나무에 튕겼다 떨어졌는지, 굵은 나뭇가지들이 부러져 아이의 주변을 감싸듯 흩어져 있었다. 아이의 아버지는 이미 사라진 뒤였다. 갑작스러운 소란에 놀라 모여드는 사람들을 막으며 정원은 떨리는 손으로 119 번호를 눌렀다. 곧이어 도착한 구급대가 들것을 내려 아이를 조심히 구급차에 실었다.

"이 애 아버님이신가요?"

"목격자입니다."

신부가 짜증스럽게 대답하는 순간 사람들의 비명소리가 울려 퍼졌다. 아이를 던지고 아파트 앞 찻길을 건너 도망가던 남자가 신호를 무시한 차에 치인 것이다. 검은 아스팔트 위에 피와 뇌수가 흥건히 뿌려졌다.

어디로 도망쳤나 했더니. 역시 모르는 체할 걸 그랬어.

어디선가 경찰차 사이렌 소리가 들려왔다. 어차피 CCTV가 곳곳에 설치되어 있으니 별다른 혐의를 받지는 않겠지만, 경찰에서 귀찮게 조사를 받긴 해야 할 터였다. 신부는 한숨을 내쉬었다.

이혼한 아내가 죽은 뒤 아이를 떠맡게 되고, 가정폭력 전과자는 국제결혼이 금지된다는 법 개정으로 재혼 계획도 어그러지자 홧김에 동반자살을 생각했던 것 같다고, 경찰은 말했다. "와이프를 어지간히도 때렸나 봐요. 재결합 요구하다 접근 금지당하고 나서 부인을 죽였더라고요. 딸도 죽이려고 한 모양인데." 신부는 두통이 일었다. 동반자살이 아니라 미성년자 친족을 살해하려 한 건이지 않나. 피로한 얼굴의 경찰에게 용어를 고쳐줄 마음은 없었다. 정원은 아이가 가까운 응급실에서 상급병원으로 옮기며 지불한 병원비 결제 내역이 차곡차곡 쌓인 카드 문자를 확인하고는 머리를 감쌌다.

병실에 들어선 정원은 잠든 아이를 보았다. 까만 머리칼, 창백한 작은 얼굴이 나뭇가지에 긁힌 상처들로 울긋불긋했다. 아이는 오래된 나무들에 몇 번 튕겨 나가면서 양쪽 다리가 전부 부러졌다고 했다.

"영양실조가 심하네요."

회진을 도는 의사의 표정이 정원을 나무라는 듯했다. 정원은 억울했지만 잠자코 있었다.

"목숨에는 지장이 없습니다. 찰과상 타박상 등이 좀 있고, 양쪽 하지가 골절되긴 했지만 수술도 잘됐고요. 아직 어리니까 금세 원래대로 회복할 겁니다."

정원은 안도의 한숨을 쉬었다. 요즘 시대에 영양실조라니. 하기야 비쩍 마르기도 했지만. 아이는 내내 방치되었던 모양이다. 정원은 CCTV 확인을 통해 부녀와 얽혔다는 혐의는 쓰지 않았으나, 경찰 조사를 받고 오니 기분이 좋지는 않았다. 그는 기분전환이라도 하려고 TV를 켰다. 뉴스가 나왔다.

전 부인과의 이혼 뒤 사체 빚으로 고심하던 이 모 씨는, 딸이 있다는 사실 때문에 재혼에도 어려움을 겪자 딸과의 동반자살을 계획하고 자신의 집 근처 아파트 5층에서 딸을 내던진 후 도망치다 교통사고로 즉사를—

앵커 목소리가 쇠를 긁는 듯했다. 아이는 잠결에도 괴로운지 작은 얼굴을 찌푸렸다. 당황한 정원이 TV를 끔과 동시에 아이가 눈을 떴다.

"당신……."

정원이 깨어난 아이를 내려다보았다. 생명의 은인 어쩌고 하면 점잖게 손을 내저어줄 생각이었다. 뭐 나로선 전혀 원했던 결과가 아닌데 어쩌다 보니 널 구하게 됐네. 참 돈도 많이 들었지.

"당신이 날 이 꼴로 만들었지."

"뭐?"

"우리 아빠가 당신한테서 날 구해주려다 돌아가셨어. 그렇잖아."

정원은 정신이 멍해졌다. 얘가 머리도 심하게 부딪친 거 아냐? 의사가 제대로 검사한 거 맞아?

아이의 눈동자가 파르르 떨렸다.

"우리 아빠는 당신한테서 날 구하려다 돌아가셨어. 다는 아니어도 기억나. 당신이 날 따라오면서 나쁜 짓을 하려고 했는데 우리 아빠가 날 지켜주려고 같이 도망가다가 당신 때문에 죽은 거야."

"뭐?"

정원은 어이가 없었다. 피식거리는 정원을 보던 아이의 눈동자가 떨렸다. 딱히 슈퍼맨 행세를 할 생각은 없었지만 이건 아니지 않나.

"우리 아빠는 날 구하려고 했어. 우리 아빠는 날 지켜주려고 했는데."

아이가 말했다. 저런 표정을, 어디서 봤더라. 어디서 본 것 같은데.

내 친아버지가 강간범이라니. 어린 여자애를 강간해 임신시키고 결국 자살하게 만든 범죄자라니. 내가, 그 씨앗이라니. 친아버지를 긍정할 수 없는 아이의 얼굴을 어디서 봤더라?

"당신이 날 이렇게 만든 거, 맞잖아?"

사실대로 말해 뭐하나? 정원은 40년 가까이 살아오면서, 사람은 믿고 싶은 대로 믿고 보고 싶은 대로 본다는 걸 깨달았다. 어린애한테 네 아버지가 이러저러하다고 납득시켜서 좋을 게 뭐지? 어차피 평생 다시 볼 애도 아니었다. 제 처지가 왜 이리 되었나, 아이가 원망을 돌릴 대상이 필요하다면 친아비보다야 남이 좋겠지.

정원이 피식 웃으며 말했다.

"그래. 내가 너한테 그랬다. 다 낫고 걸어와서 죽여 보든가."

아이의 눈에 불꽃이 튀었다.

예상과 달리, 정원은 매일같이 소녀의 병원에 들러야 했다. 아이에게 친척이 있을 거라 생각했으나 아이는 사고무친이었다. 보호자가 될 사람은 아무도 없었다. 기껏해야 예닐곱 살이나 되었을까 싶던 아이는 실제로는 열한 살이었다. 오랜 기간 영양부족으로 덜 자란 탓이었다. 어쨌든 애니까 빨리 나을 테니 낫는 대로 보육원에 맡겨야겠다고 정원은 생각했다. 하지만 염증과 감염이 생겨 아이는 오래 앓았다. 병원을 옮기고 몇 차례의 재수술 후로도 아이는 무슨 이유에서인지 걷지 못했다.

영양이 부족해 못 걷는 것뿐이며 금세 원래대로 돌아올 것이라는 의사의 말에 정원은 낙관했다. 그러나 기대와 달리, 아이는 침대에서 일어나려다 쓰러지

길 거듭하며 그때마다 당혹한 눈동자로 정원을 올려다보았다. 그는 뭔가 잘못되어가고 있음을 깨달았다. 지금 애한테는 나 말고 보호자도 없잖아. 그런 애가 다리를 못 쓰게 되다니 내가 그렇게 운이 나쁠 리가 없어.

정원은 급히 다른 병원을 알아보았다. 새 병원에 진료를 예약한 정원이 아이를 데리고 나오려 하자, 아이는 정원을 피해 기어서 도망을 갔다. 그러다 정원이 안아 올리려 하자 그의 손과 팔을 사정없이 할퀴었다. 당황한 정원에게서 풀려난 아이는 다시 기어가며 기를 쓰고 도망가려 했다. 정원은 발버둥치는 아이를 간신히 차에 태워 병원을 옮겼다.

의사를 만나봤지만, 아이가 걷지 못하는 이유는 어리광이거나 꾀병일 거라고 했다. 정원은 상처투성이인 자신의 팔을 보고 쓴웃음을 지은 뒤 긁힌 상처가 깊으니 치료받고 가라는 권유를 거절하고 다른 병원을 찾았다.

의사들은 하나같이, 수술이 잘되었고 아이는 정상이며 의료소송은 하지 않는 게 좋겠다고 답변했다. 뭐가 됐든 병원이 아닌 아이 자신의 문제라는 것이다. 그러던 중 한 지방병원에서 의사가 조심스럽게 소견을 밝혔다. 신경에 문제가 있다는 얘기였다. 정원은 곧 아이의 수술을 결정했다.

전신마취를 한 채 몇 시간의 수술을 하고 몇 달의 재활 기간이 지나서도 아이의 다리는 제구실을 하지 못했다. 다른 병원에서 말하길, 앞선 수술에 문제가 있었으니 다시 수술을 해야겠다고 하여 정원은 또다시 아이에게 재수술을 받게 했다. 하지만 이후에도 아이는 의자에서 혼자 일어서지 못했다. 정원은 미루고 미루다가 아이의 체형에 맞는 휠체어를 제일 싼 것으로 샀다. 어차피 곧 버릴 것이 아닌가.

마지막 희망이던 지방의 접합사고 전문병원에서 희귀체질이 수술로 발현된 것 같다, 현재로선 고칠 방법이 없다는 판정을 받고 아이의 체형에 맞춘 수입 휠체어를 주문한 날—정원이 요구하는 것은 가격 때문에 수요가 없어 재고도 없었다—정원은 자다가도 깼다.

5분만이라도 빨리 갔다면 아이는 다리가 멀쩡했을 텐데. 성범죄자라는 말에 돌아서는 대신 바로 뒤따라 갔더라면…… 내 지난날에 매여서 엉뚱한 어린애의 인생을 망가뜨린 게 아닐까. 내 아버지가 내 어머니의 인생을 뒤틀었듯이.

아니다. 어떻게든 아이가 살았을 인생대로 돌이킬 수 있어. 어떻게든 도로 걷게 할 거야.

정원은 심리치료, 한방 침술치료, 수상쩍은 기치료까지 효과가 있다고 듣기만 하면 아이를 끌고 다녔다. 아이가 화를 내건 울며 거부하건 아랑곳하지 않았으나, 치료는 효과를 보지 못했다.

정원은 포기하지 않았다. 알음알음으로 듣게 된, 운동선수 출신에 재활 전문이라는 물리치료사와 상담도 했다. 정원과 비슷한 키였으나 150킬로에 가까운 거구의 물리치료사는 전공 종목상 유지해야 하는 체격 때문에 어렸을 때부터 부상이 많았다며, 사고로 다친 수십의 아이들에게 선수 인생을 되찾아주었다고 자랑했다. 그리 대단하다면 왜 유명하지 않은가. 눈으로 묻는 정원에게 남자는 자기 재활치료의 단점은 한 회당 수십만 원의 비용이 든다는 것뿐이며, 보이는 것만 중시하는 기존 의학은 보이지 않는 세계를 인정하지 않는다고 답했다.

신용카드 할부를 안내하는 그에게 정원은 계좌를

물은 후 바로 치료비를 이체했다. 사설 치료실이라는 방으로 아이를 들여보낸 후 밖에서 기다리던 정원은 아이의 비명을 듣고 뛰어 들어갔다. 그리고 기절한 아이의 옷 속에 손을 넣은 채 떨어지지 않는 물리치료사를 주먹질했다. 괴력으로 유명했다는 전직 운동선수의 말은 허언이 아니었다. 온몸에 타박상을 입고 쇄골이 부러져가며 아이에게서 물리치료사를 뜯어낸 정원은 이웃의 신고로 그와 함께 경찰에 체포되었다.

폭력과 협박으로 이어진 범행이 낱낱이 드러나 철창신세가 된 물리치료사와 달리, 경찰서에서 곧 풀려난 정원은 아이와 나란히 입원했다. 하지만 정원은 아이에게 심리치료사와 간병인을 붙이고 자신은 입원 기간을 무시한 채 이내 퇴원했다. 사제의 시간은 원가족에게 허용되는 부분이 많지 않은 데다 수차례 교구의 주의를 받은 터였다. 부러진 쇄골뼈도 칼날 같은 통증과 함께 어긋나게 붙고 아물어갔다. 어차피 로만 칼라로 가려지는 데다 앞으로 볼 사람도 없으니까. 정원은 신경 쓰지 않았다.

이후 정원은 정체 모를 민간 치료는 찾아다닐 목록에서 제외했다. 그리고 아이가 병원에 가지 않겠다고 차에서 버팅길 때면, 그럼 혼자 힘으로 직접 걸어 나가라고 대꾸해버리곤 유명하다는 곳마다 막무가내로 아이를 끌고 다녔다. 그렇게 수술을 거듭했으나 결과는 정원의 은행 잔고만 줄어갈 뿐이었다.

아이의 재활에는 법적인 성인 보호자가 필요했다. 12세 이하는 입양할 때 본인의 동의가 필요하지 않았다. 정원은 양부모에게 소녀의 입양요청서를 내밀었다. 부모는 오래 헤매는 하나뿐인 아들에게 강하지 못했다. 그들은 한숨을 쉬며 서류에 사인을 해주었다.

소녀의 이름은 미호微虎였다. 작을 미에 범 호라니. 아름다울 미에 좋을 호 정도로 생각했던 신부는 놀랐다. 작은 범이라면 자라서 큰 맹수가 된단 뜻이 아닌가. 씩씩한 남자애라면 모를까, 여자아이에게 붙일 만한 이름은 아닐 성싶은데. 맹수라 하니, 어딘가에서 읽은 해외 뉴스가 생각났다. 다친 야생 짐승을 주워 돌봐줬더니 실은 희귀 맹수라 길러준 남자를 잡아먹었다지 않나. 발목뼈만 남았다던가. 맹수도 알아보지 못하고 기르다니 멍청한 놈이다. 잡아먹혀도 억울할 거 없지. 뉴스를 무심히 넘겼던 기억이 났다. 소녀는 날카롭게 찢어진 커다란 눈매가 유독 인상적이었다. 넘어질 때마다 일으켜주면 손톱으로 긁어 신부의 팔에 상처를 내는 것이 맹수보다는 고양이 같았다. 상처가 나을 때까지 거둘 뿐, 다리가 부러진 새끼 고양이를 키워서 달라질 게 있겠는가. 신부는 그리 생각하고는, 미호를 돌볼 가사도우미와 활동 보조인을 구했다.

이제 소녀는 법적으로 정원의 여동생이자, 피보호자였다.

급작스러운 사고로 양부모님이 돌아가신 뒤, 신부는 유산으로 저층의 아파트를 사들였다. 필요시 휠체어를 들고 날라야 하는 경우 너무 잦은 엘리베이터 고장과 점검이 문제가 되었기 때문이다. 정원은 휠체어가 쉬이 다닐 수 있도록 턱을 전부 없애는 공사까지 마친 후 미호를 그 아파트에서 살게 해주었다. 그리고 신부의 휴일인 매주 월요일마다 미호가 있는 아파트에 들러 집을 돌보고 요양원으로 돌아가곤 했다.

정원은 가사도우미에게 미호한테 필요한 생리용품을 백화점의 유기농 제품으로 사다달라 부탁했고, 돈은 청구하는 대로 주었다. 몇 달 후 정원은 자신이 받은 영수증 내역과 달리 마트의 벌크 제품을 욕실 수납장에 채우던 가사도우미와 마주쳤다. 가사도우미는 정원이 미호의 방이나 욕실에 들어가는 일이 없다는 것은 알았으나, 욕실의 고장난 전등을 누가 교체하는지는 몰랐다. 정원은 가사도우미를 해고했다.

새 가사도우미는 과묵하긴 해도 미호를 잘 챙기는데다 정원이 부탁하는 것은 무엇이든 잘 전해주는 듯해 마음이 놓였다. 그러나 정원은 그녀가 출근길에 몰래 뒤따라온 전남편에게 맞는 것을 목격했다.

정원은 그를 말렸다. 멈칫하던 전남편은 다시 가사도우미를 때리려 했다. "네년 돈을 뜯고 평생 놀면서 빌붙으려는 게지, 아니면 어떻게 이런 젊고 허여멀건 놈이 샛서방이야?" 자살자들에게 몸을 빌려주고 이미 심기가 상해 있던 정원은, 제 정체를 들켰으니 입막음을 해야겠다며 전남편을 흠씬 두들겨 패주었다.

화풀이 삼아 고용인의 전남편을 팬 고용주라니, 성실한 가사도우미가 도망가지나 않을까 눈치를 보던 정원은 이제 전남편이 얼씬도 안 한다며 변함없이 출근하는 그녀를 보고 안심했다. 그녀는 정원이 오는 시간에는 꼭 남아 정원에게 갓 만든 반찬이 가득한 상을 차려주었다. 별생각 없이 차려진 밥을 먹던 정원은, 냉장고에 자신이 잘 먹는 반찬 재료들만 늘어가는 것을 보고 가사도우미를 바꾸었다.

오래된 활동 보조인은 미호가 별다른 불평이 없을 정도로 눈치가 빠르고 싹싹했다. 그러나 그녀가 저 까칠한 여자애에겐 화장품과 옷값이 아까우며 신부님의 낡은 평상복 대신 어울리는 말끔한 옷을 사라고 충고하자 정원은 활동 보조인을 새로 구했다.

미호는 고용인들에게 마음을 열 만하면 그들을 자르고서 이유도 말해주지 않는 정원을 원망하며 자랐다. 수술과 치료는 실패했고, 커가며 미호에게 쌓인 것은 실패한 수술들의 고통과 정원에 대한 원망뿐이었다.

"당신이 죽었으면 좋겠어."

"야, 기도는 별로 쓸모없더라고. 걸어와서 패지 그러냐?"

정원은 자신을 노려보는 미호에게 대꾸하고는 가사도우미가 잊은 재활용품 쓰레기를 분리해 버리고 아파트를 나섰다.

신부가 요양원으로 돌아가는 길이었다. 편의점에서 소주를 사 마신 직후였다. 밤거리는 춥고 인적이 드물었다. 정원은 비틀대는 자신의 모습을 볼 사람이 적어 좋다고 생각했다. 그런데 작고 마른 체구에 어울리지 않게 커다란 대학 잠바를 걸친 갓 스물로 보이는 여자 하나가, 가로등에 부딪힐 뻔하던 신부와 눈이 마주쳤다. 어린 얼굴에, 마스카라가 흘러내린 눈가가 푸른 멍으로 얼룩덜룩했다. 잠바는 검붉은 얼룩이 군데군데 묻어 있었다. 신부는 고개를 휘휘 젓고 급히 걸었다.

신부님.

술을 마시는 게 아니었는데. 몸 상태가 나쁠수록 산 사람과 죽은 사람을 구분하기 힘들어 저도 모르게 대꾸할 뻔했다. 신부는 말없이 걸음을 빨리했다.

그 사람이, 임신하면 절 책임지겠다고 했어요. 그 말을 믿었기 때문에, 저는 지옥에 갈까요?

신부는 대답하지 않았다.

그런데, 자기 애인지 아닌지 어떻게 아느냐는 거예요. 수술비용도 아깝대요. 스물두 살이나 먹어서 왜 자기한테 책임을 미루느냐고. 전 그 사람뿐이었는데. 정말 좋은 사람이었어요. 추워하는 저한테 잠바도 빌려주고…… 그 사람은 여자친구와 사업으로 얽혀 있어서 당분간은 헤어질 수 없다고 했어요.

신부가 차도에 내려서서 손을 흔들며 택시! 하고 외쳤다.

저는 지옥에 갈까요?

택시가 신부를 지나쳐 멈춰 섰다. 신부가 비틀거리며 택시 쪽으로 걸어갔다.

낳아서 당신 아기인지 확인시켜주겠다고 말하니까, 그 사람이 매를 버느냐고 하면서…… 우리 아기도 잃었어요. 신부님도 제가 지옥에 갈 거라고 생각하세요?

"때린 놈이 잘못이지 맞았다고 목숨을 버려? 네가

스물두 살까지 살아 있게 하느라고 이 세상이 얼마나 공을 들였는지 알아?"

잘못했어요.

여자가 눈물을 뚝뚝 흘리며 말했다. 신부가 입술을 깨물었다. 신부를 앞질러 급히 뛰어간 부부를 태운 택시가 곧 출발했다. 신부는 부웅, 하고 소리만 남기고 멀어지는 택시를 멍하니 바라보았다.

"아 씨."

생각하고 또 생각했어요. 아주 오래 생각했어요. 내가 왜 이렇게 되었을까. 그런데 그 사람 잘못만은 아닌 것 같아요. 그 사람이 어떤 사람인지 어렴풋이 알면서 좋아했던 저도 잘못이 있는 거예요. 그러니까 저에게 벌을 줘야 한다고 생각했어요. 그런데 이렇게 되고 나니, 우리 엄마 아빠만 벌을 받고 있는 거예요. 난 다 보이는데 달래줄 수도 없고. 미안하다고 할 수도 없고. 후회한다고 할 수도 없고. 엄마 아빠 탓이 아닌데. 엄마 아빠에게, 전 잘 있다고만 말하고 싶어요. 신부님, 도와주세요.

"네가 어딜 봐서 잘 있는데. 그 새끼 잠바도 개떡 같네. 어린 여자 꾀는 새끼가 돈도 안 쓰고 입던 잠바나 빌려줘? 미친 새끼."

잘 있다고만, 말할게요. 도와주세요.

"경기나 하지 말았으면 좋겠네."

신부는 긴 한숨을 내쉬었다.

여자의 말을 들어주면 부모님이 경기를 일으킬 거라는 신부의 예상은 빗나가지 않았다. 죽은 딸의 방을 치우지 못하고 있던 부모는 딸을 안다는 낯선 남자를 집 안에 들였고, 그의 얼굴 위를 어른대다 사라지는 딸의 얼굴을 보고 부부가 동시에 기절했다. 신부는 남의 집에서 남의 수건을 꺼내다가 물을 적셔 두 사람의 얼굴을 닦아주었다. 깨어나자마자 당신 누구냐고 매달리는 부부에게, 신부는 자신이 약장수 같다 느끼며 말을 주절주절 늘어놓았다.

"……그러니까, 결론은 아버님 어머님 잘못이 아니라는 겁니다. 따님이 돌아간 건 다른 이유입니다. 따님이 알바하던 카페 사장 새끼가 죽일 놈이에요. 조폭이라도 고용해서 몰래 패십시오."

거실에는 커다란 십자가가 걸려 있었다. 십자가 아래에서 조폭 운운하는 신부라. 십자가에서 눈을 떼며

헛웃음을 웃는 정원을 보고 부인이 말했다.

"목사님이시죠? 하나님께서 인도해주신 거죠?"

"목사요? 웬 목사?"

"어느 교회에 계세요? 저 당장 교회 옮길게요. 안 그래도 지금 교회에서는 너무 괴로웠어요."

"그 교회 때려치우십시오."

남편과 부인의 눈이 반짝였다.

"알겠습니다, 목사님."

"그럴게요. 하나님께서 목사님을 보내주셨으니까 저희가 평생 섬길게요."

"목사 아닙니다. 어느 목사가 조폭 고용해서 사람 패라고 합니까? 교회 옮겨서 새로 시작하세요. 아버님 어머님 잘못도 아닌데 서로 상처 내면 주님께서 슬퍼하십니다."

"주님도 남편도 우리 애도 슬프게 하려던 게 아니었어요. 근데 살 수가 없어. 이건 사는 게 아니에요. 내가 뭐라도 했으면 우리 애가…… 모든 게 후회가 돼. 애를 그렇게 보내려던 게 아니었는데. 잡을 수 있으면 내 심장이라도 갈라 줬을 텐데."

중년 부인이 눈물을 흘렸다. 정원에겐 그 눈물이

피처럼 보였다.

"압니다."

"아세요?"

"그럼요."

정원이 다정하게 웃었다.

"목사님!"

"목사 아니라니까요."

정원은 연락처를 묻는 부부에게 길에서 받았던 교회 전단지를 대충 쥐여주고 일어섰다.

"이 교회에서 10년 동안 매일 봉사하셔야 합니다. 하루라도 빠뜨리시면 안 돼요. 봉사해야 따님이 천국 가고 나중에 하나님 품에서 만나실 수 있습니다."

정원은 자고 가라며 급히 새 이불을 꺼내고 밥을 짓는 부부를 뿌리치고 나왔다. 그대로인 자신의 방 안을 맴돌던 여자가 부모를 젖은 눈으로 돌아보고는, 신부를 가벼이 따라나섰다.

신부님 나빠요. 우리 엄마 아빠, 신부님이 가르쳐 준 교회에 가서 계속 신부님 찾을 텐데.

"뭐 그러다 교회에 마음 붙이고 그러시겠지."

무책임해요.

"개척교회라 사람 귀한 모양이더라고. 봉사가 좋은 일이잖아. 난 안 하지만."

신부님, 그냥 귀찮으신 거죠.

"뭐 그렇게 말할 것까지 있나. 다~ 같은 주님 모시고 사는 처지에."

사이비 같아. 나쁘고, 못됐고, 제멋대로고.

"그래그래. 마음 좀 나아졌냐?"

여자가 울먹이려다가 웃어 보였다.

조금? 우리 엄마 아빠가 내 방 치우면 좋겠는데, 그럼 또 너무 섭섭할 것 같아. 섭섭해하면 안 되죠? 그러니까 치우셨음 좋겠어. 그래야 날 빨리 잊겠죠? 나도 쉴 수 있겠죠?

"그래."

신부가 여자를 보았다.

"그동안 고생했다. 이제 편히 쉬어."

울던 여자가 간신히 웃었다.

어느새 여자는 검붉게 얼룩진 잠바가 아닌 대학신문에서 오려낸 듯한 연한색 원피스를 입고 있었다. 도로 가장자리에 파인 듯 고인 어둠이 빛으로 변하며, 그 위를 새벽 출근길에 조는 승객들을 실은 버스가 아무렇지도 않게 달려 지나갔다. 그와 동시에 신부가 전봇대에 몸을 기대었다 늘어졌다. 죽은 사람을 받았다 내보낸 몸이 속에서부터 퍼런 곰팡이가 번져 오르는 게 느껴졌다. 토하려고 했지만 멀건 위액만 나왔다.

할 수만 있다면 내장 하나하나 꺼내서 수돗물에 박박 씻으면 좀 시원할 텐데. 신부는 입안에 올라오는 신물을 단 오렌지주스로 눌렀다. 일찍 출근하던 사람들이 신부가 노란 주스를 질질 흘리며 마시는 모습을 보고 멀찍이 빙 둘러 지나갔다. 익숙한 일이다. 신부가 피식 웃었다.

정원은 말 그대로 귀공자처럼 자랐다. 초등학교를 졸업하기 전까지는 라면이나 길가의 떡볶이는 먹어본 적도 없었다. 양부모는 공부하는 아들에게, 유럽산 쿠키와 치즈를 내주곤 했다. 수입 과자는 백화점에나 있던 시절이었다.

신학교에 들어간 이후 정원은 봉사의 일환으로 시위 현장과 보육원과 쪽방촌을 돌아다녔다. 불어 터진 컵라면과 슈퍼에서 묶어 파는 대용량 빵과 식은 믹스커피를 억지로 몸에 익혔다. 그러나 몸은 좋은 것에는 금세 익숙해져도 나쁜 것에는 좀처럼 익숙해질 줄 몰랐다. 쇠고기가 없는 쇠고기라면 국물과, 버터가 들어가지 않은 버터쿠키와, 갓 갈아낸 원두와 똑같다는 믹스커피. 그는 그것들을 맛있다고 느끼지 못했다.

정원에게, 본래 이불이란 거위 깃털이 가끔 삐져나와 공기중을 유영하는 가볍고 따뜻한 종류의 물건이었다. 달동네 주택가의 고장난 화장실을 고쳐주고 썩은 벽지며 문을 갈아준 후 아이들과 함께 덮고 누운 이불은 돌처럼 딱딱하고 무거웠다. 곰팡이 냄새가 나는 두꺼운 합성 솜이불을 덮은 정원은 낮 동안 알바를 하느라 피곤에 절어 코를 고는 아이들 사이에서 잠을 이루지 못했다.

신부의 월급은 정원의 미각을 감당할 수 없었다. 정원에게 국산 초콜릿은 초콜릿의 이름을 붙인 검은색 식용품이었고, 라면은 SF 영화에나 나올 법한 기이한 식사 대체물이었다. 그러나 그것이 주식인 아이들도 있었다. 정원은 미각을 아예 죽이기로 작심했다. 주식으로 즉석밥과 일회용 국을 쟁여놓아 그것을 끼니로 하고, 모자라는 영양소는 종합영양제로 보충했다.

정원은 양부모의 유산을 자신에게 쓰는 건 도둑질한 재산을 드러내놓고 사용하는 것처럼 느꼈다. 그러나 가끔은 사치스럽게 돈을 쓰고 싶을 때가 있었고, 그럴 땐 그럴 만한 핑계가 있었다. 그 핑계란 바로 그가 구해준 혜수였다.

여의사인 혜수는 신부가 은인이었다. 스물일곱의 정신과 페이닥터인 혜수는 열세 살 때 신학생이던 정원과 처음 만났다. 무당이었던 홀어머니가 병사한 뒤 보육원에 들어온 혜수는 귀신이 보인다는 그녀의 말을 아무도 믿지 않아, 보육원에서도 쫓겨날 뻔했다. 애기무당이 될 아이가 중학교에 들어가기 전 신내림을 받아야 한다며 무당들이 보육원을 찾아왔을 때 혜수는 입을 틀어막고 숨어 있었다.

봉사활동차 왔던 신학생은 다른 종교인들이 하듯 설교를 늘어놓는 대신, 보육원생들에게 성경을 읽으라고 하곤 자신은 졸고 있었다. 혜수는 신학생 옆에서도 귀신이 보인다고 말했고, 그러자 정신병원에 가고 싶으냐며 보육교사에게 혼이 났다. 혼자 흐느껴 울던 그녀에게 신학생이 다가와 앉았다.

"너 내 옆에서 귀신이 보인다고 했다며?"

"죄송해요. 잘못했어요."

"그래, 그런 걸 아무한테나 말하면 안 되지. 믿어주는 사람이 별로 없더라고."

그녀는 놀라 신학생을 올려다보았다. 스물셋의 신학생이 싱긋 웃었다.

그 후 혜수는 정원이 있던 성당의 후원으로 고등학교를 거쳐 의대에 진학했다. 그리고 정원이 과로로 쓰러졌을 때, 등록금과 소소히 입금되던 용돈이 끊긴 것을 알았다. 병원에서 퇴원한 정원은 성당에서 받았다는 등록금을 뒤늦게 그녀에게 건네주었다.

이미 그녀는 끊긴 등록금에 대해 성당 사무실로 문의했다가 답을 들은 터였다. "네? 성당에서 등록금 지원이라니요. 저희는 그런 예산 자체가 없어요." 등록금 전달이 늦어 미안하다는 정원에게, 혜수는 사무실에서 들은 말에 대해 아는 체를 하지 못했다.

혜수가 스무 살즈음부터 정원은 이렇게 묻곤 했다. "혹시 지금도 귀신이 보여? 다 컸는데?" 혜수는 자라면서 귀신이 보이지 않게 되었다고 대답했다. 정원은 몇 번이나, 지겨울 만큼 두고두고 물어보았다.

"이젠 귀신이 보이지 않는다고?"

정원이 물을 때마다 혜수는 보이지 않는다고 대답했고, 정원은 그때마다 드물게 환한 웃음을 보였다.

혜수는 정원의 뒤를 죽은 이들이 검은 안개처럼 뭉게뭉게 뒤따르는 것을 보면서도, 말이 없던 정원이 양해를 구하고 나가 한참 만에 돌아와도, 아무것도 묻지 않았다.

정원의 새치가 늘어가고 피로가 깊어질 때마다, 폐건물 옥상과 지하철 계단에서 원인불명의 추락사고가 줄어드는 이유를 아는 이는 세상에 하나뿐이었다.

혜수는 정원을 뒤따르는 죽은 자들 곁에서 결국 식사 약속을 깨는 그를 말리지 않았다. 미안하다며 대신 그녀가 근무하는 병원에 들르겠다는 신부를 향해 웃어주고 돌아설 뿐이었다. 볼 수 있기만 할 뿐, 어차피 그녀가 할 수 있는 건 없었다.

정원은 백화점에 들러 혜수를 위한 물품들을 샀다. 갓 갈아낸 향이 신선한 원두커피, 우유로 만든 생크림케이크와 오렌지를 막 갈아낸 생과일주스, 생초콜릿을 사고, 부드러운 윤기가 흐르는 캐시미어 코트를 마지막으로 집어 들었다. 그리고 혜수가 페이닥터로 일하는 정신과를 방문했다.

"네 후원자가 전해달래."

혜수는 그냥 웃었다.

정원은 자신이 혜수의 후원자라고 밝힐 마음이 없었다. 요청하지도 않은 아이에게 묻지도 않고 멋대로

주는 건 어차피 내 이기심 때문 아니던가. 그가 보는 세상을 보았던 유일한 아이. 그는 또 다른 자신에게 무언가를 주는 기분이었고, 그러므로 감사 인사를 바란 적도 없었다.

정원은 혜수가, 프랑스산 버터가 듬뿍 들어간 쿠키와 졸깃한 생초콜릿을 먹는 모습을 즐겁게 바라보았다. 그녀가 괜찮은 물품들을 누리는 것을 보면, 정원은 자기 안에 어딘가 뻥 뚫려 있는 구멍이 느껴지지 않았다.

"좋은 거 사주고 보여주고 먹여주는 놈이랑만 만나. 너 돈 쓰게 하잖아? 바로 걷어차."

"받기만 하라고요?"

"여자는 받는 거야."

"에이, 그런 게 어딨어요."

웃는 혜수에게 정원은 백 퍼센트 캐시미어 코트가 담긴 상자를 내밀었다. 조명이 부드럽게 흐를 정도의 윤기를 반사하는 코트를 만져보는 혜수에게 정원은 말했다.

"근데 너 결혼 안 하냐?"

“저 아직 스물일곱이에요. 너무 마음이 급하신 거 아닌가요?”

“서른 되기 전에 결혼해서 애 낳아. 내가 혼인성사랑 유아세례도 해주고 묵주 팔찌도 사줄게. 셋 이상 낳아도 다 사줄게.”

“결혼은 그다지…….”

“뭐? 여자는 잘난 남자 만나 결혼해 애 낳고 사랑받으며 남자 그늘 안에서 사는 게 최고의 행복이라고.”

“요즘 그런 말씀 하시면 다 별로라고 생각하는 거 아세요?”

“결혼해라. 네 애는 정말 예쁠 거야.”

웃어넘기는 혜수를 보며 정원이 묵주를 만지작거렸다. 알고 있다. 내 이기심이란 걸. 그렇다 하더라도…….

혜수만은 정원 자신과 다른 세상에서 살았으면 했다. 사랑하는 이와 가정을 꾸리고, 아이를 키우며 세상과 겹쳐지는 삶. 정원에게 있어서 혜수는 그가 갔을 수도 있는, 아니 가고 싶었던 미래이기도 했다. 혜수가 좋은 사람과 결혼해 아이를 낳으면 멀찍이서, 영향을 주지 않을 정도만 기웃대며 혼자 흐뭇해하고 싶었다. 그녀에게 무언가를 베푸는 것도 결국은 저 스스로 마음 편하고자 하는 것 아닐까. 돌아올 걸 바란 적은 없으나, 혼자만의 자선이라 자족하는 것 또한 실은 이기심이 아닐까.

"신부님, 전 지금이 좋아요. 결혼은 관심 없어요."

"그럼 선을 봐."

"'그럼'이라뇨, 신부님."

"젊고 예쁠 때 결혼해서 애도 낳고 해야지."

"요즘 그런 말씀 하시면 예의 없는 거예요."

"나 원래 무례해."

"농담도. 뭐 필요한 건 없으세요?"

"네 소파 빌려주고 있잖아. 이거 원래 돈 내야 하는 거지?"

혜수가 웃었다. 정원은 그녀의 웃는 얼굴이 과자를 사주면 웃던 어릴 때와 똑같다고 생각했다.

"제가, 도와드릴 건 없으세요?"

"이 소파면 되지."

정원이 원하는 건 정신과 탕비실에 있는 낡은 소파에서 잠드는 것뿐이었다.

"이 소파에선 잠이 잘 와. 여기선 죽은 사람이 보이

지 않거든. 죽은 사람의 고통이 산 사람의 고통을 이길 수 없나 봐."

그녀는 말없이, 새로 사두었던 가벼운 이불을 건네주었다. 이불을 턱 끝까지 올리고 눈을 감으면서 정원이 말했다.

"이젠 귀신이 보이지 않는다고?"

"네."

정원이 웃었다.

"퇴근해라. 여기 버튼식 도어록이지? 좀 자고 내가 알아서 나갈 테니까."

"네."

정원은 곧 단잠에 빠져들었다. 혜수는 퇴근하지 않았다. 그녀는 선물 봉투들을 아무렇게나 밀어놓고는 신부의 소파 앞에 조심스레 앉았다. 혜수의 손이 정원의 얼굴에 닿으려다가 거두어졌다. 그녀는 시간 가는 것도 잊은 듯, 피로에 젖어 잠든 신부의 얼굴을 오래 들여다보았다.

미호

미호는 중학교를 다니는 내내 학교에서 문제를 일으켰다. 같은 반 여자애들과 말싸움부터 시작해 할퀴고 상처 내는 일이 드물지 않았다. 정원은 학교에서 보호자 호출이 있을 때면 언제든 시간보다 일찍 도착했다.

"야, 내가 백수란 걸 꼭 이렇게 증명해줄 필요는 없잖아. 나도 나름 스케줄이 있다고. 날 기다리는 여자들을 세려면 열 손가락도 모자라는 거 알지?"

"당신은 개새끼야."

미호는 정원을 쳐다보지도 않고 휠체어를 조작해 교실로 들어가버리곤 했다.

머리부터 발끝까지 명품으로 치장한 채 휠체어에 탄 미소녀는 검은 수단 차림의 보호자와 함께 그 학교의 유명인이었다.

미호는 제 보호자가 학교로 불려올 때마다 교무실에 퍼지는 감탄 어린 한숨에 이가 갈리는 듯한 표정을 했다. 가톨릭 신자라는 교무주임과, 신부를 직접 만나보기는 처음이라는 여교사들도 정원을 향해 눈을 빛냈다. 그들은 신부의 외양과 낡은 잠바 너머로 보이는 로만 칼라에도 감탄하는 얼굴이었다.

미호에게 얼굴이 긁힌 피해 학생의 부모들은, 그 보호자의 수단 차림에 당황한 기색을 감추지 못했다.

"안녕하세요. 이정원 베드로 신부입니다. 제 동생 때문에 정말 걱정과 화가 많으셨을 줄로 압니다. 죄송합니다. 바쁘신 중에 이렇게 시간을 내게 해서 그 또한 너무 죄송하고요. 어린 학생, 그것도 여학생 얼굴에 상처를 내다니 동생을 아주 두들겨 패줘야겠습니다."

"아니, 그게 아니고."

"얼굴에 흉이라도 지면 어떡합니까. 맞아 죽을 죄죠."

"그렇죠. 그런데……."

"다 제 잘못입니다. 얼마나 걱정되고 화가 나셨습

니까. 제가 잘 살폈어야 하는데, 이 나이 먹도록 결혼도 못 해서 아이 마음을 모르는 것도 있고……."

"아유, 신부님이 결혼을 못 하신 건가요, 안 하신 거지."

"신부님께선 세상에 봉사하기 위해 독신이신 거잖아요."

"제가 명색이 신부지, 못나고 부족합니다. 나이 차 나는 동생을 돌보지도 못하면서 어떻게 신자들을 돌보겠다는 건지. 부모님들께 상처와 심려를 끼쳐드린 것도 제 책임입니다."

"아니요, 신부님. 무슨 그런 말씀을 하세요."

"동생이 상처가 많아서 그렇습니다. 제가 동생의 괴로움을 받아주었어야 하는데, 정말 제 그릇이 작습니다. 제가 모자라서 이렇게 피해를 드리게 되었으니, 죄송할 따름입니다."

정원이 의자에서 일어나 고개를 깊이 숙이자 학부모들은 놀라 동시에 찻잔을 내려놓고 손을 내저었다.

"신부님, 그런 말씀 마세요."

"여자애가 몸이 불편하니, 정말 얼마나 더 힘들겠어요."

"죄송합니다. 바로 제 옆의 아이들을 다치게 하는 것이 어찌 성직자겠습니까. 제가 죄가 많습니다. 용서해주십시오."

"아이고, 무슨 그런 말씀을 하세요."

"애들이 원래 싸우면서 크고 그러는 거죠."

"죄송합니다. 치료비는 제가 전액 다 보상해드릴 거고, 추후에도 필요한 비용 있다면 언제든 말씀하시고 불러주십시오. 정말 죄송합니다."

꾸벅꾸벅 인사를 나누는 신부와 학부모들을 보았던지, 소녀는 돌아오는 길에 휠체어와 보조를 맞추어 나란히 걷는 정원에게 비꼬듯이 말했다.

"그 아줌마들이랑 꼰대들이 당신 본모습을 못 알아보나 봐."

"너 말고 누가 알겠냐."

"당신이 달고 사는 욕은 다 어디 간 거야? 당신은 고전영화에 나오는 사제가 아니잖아."

"야, 사람들이 나한테 바라는 것이 있다면 그에 걸맞게 액팅을 해주는 것도 좋지 않겠냐. 양복 소매에서 비둘기를 꺼내라는 것도 아닌데."

"난 당신이 정말 싫어."

"그 말 녹음해뒀다가 트는 게 편하지 않겠냐?"

정원이 잠바 깃을 높이 올려 로만 칼라를 가리고는 품에서 팩소주를 꺼냈다. 허겁지겁 마개를 뜯고 소주를 벌컥벌컥 들이켜는 정원을 미호가 어이없다는 듯 보았다. 정원은 순식간에 팩을 비우고 쓰레기통에 집어넣었다.

"야, 말썽 좀 그만 피워. 너 자꾸 사고 치면 대학 가는 데 지장 있어. 나라고 처음 보는 선생님들이랑, 학생 보호자들 앞에서 순회공연하기가 쉬운 줄 알아? 만날 여자들은 이미 충분하다고."

정원은 요양원으로 돌아가면 요양원 노인들에게 봉성체*도 해야 했다. 치매 할머니들이라 신부를 아들이나 남편으로 착각해 붙드는 통에 봉성체 시간도 더 길어졌다. 육십여 명이나 되니 지금 돌아가서 바로 돈다 해도 밤이 될 것이다. 정원이 피로한 눈을 비비는데 소녀가 말했다.

"정말 여자 만나?"

"매일 만나지. 몰랐냐?"

* 봉성체: 가톨릭 미사에 참여하지 못하는 병자들에게 성체를 모셔가 영해주는 행위.

"여자랑, 잠도 자?"

뭔 소리야? 정원은 어이가 없어서 소녀를 보았다. 소녀는 딴 곳을 보고 있었으나, 대답을 기다리는 티가 확연했다. 어쨌든 명색이 신부인데 재는 날 뭘로 보는 거지? 정원이 말했다.

"당연하지. 여자랑 맨날 같이 잔다. 맨날 몇십 명이랑 같은 데서 자네."

"몇십 명이나 돼? 그 여자들 당신 그런 사람이란 거 알아?"

"뭐라고?"

애는 대체 날 어떤 인간으로 생각하는 거야? 진시황? 신부가 어이가 없어서 피식거렸다.

"응. 난 신체 건강하거든."

소녀가 가방을 집어 던졌다.

"당신 꼭 죽여버릴 거야."

"그래 뭐. 난 뛰어서 도망가야지."

정원이 피식 웃고 가방을 주워 든 뒤, 깨진 보도블록을 피해 휠체어를 옮겨주었다.

미호는 고등학생이 되자마자 자퇴하겠다고 고집을 부렸다. 고교는 중학교보다 교우관계가 까다로웠다. 미호는 자신의 코트나 구두, 지갑을 '빌려가는' 같은 반 급우들에게 가만히 있지 않았다. 다리가 불편한 미호가 어떻게 자신이 받은 대로 똑같이 갚아주는지 정원은 놀라울 지경이었다. 중학교에 이어 고등학교에서도 곧 정원은 미호가 다니는 학교의 교무실 조직도를 외울 수 있게 되었다. 그러나 자퇴라니. 정원은 한숨을 쉬었다.

"학교는 다녀야지."

"싫어."

"그만둬야 하는 이유가 뭐야."

미호가 입술을 깨물며 말했다.

"그냥. 그만둘 거야."

"장애인도 고등학교 졸업장은 필요하거든. 음, 한 번 더 말할까?"

미호가 유리컵을 내던졌다. 벽에 부딪친 컵이 깨졌다. 유리 파편이 정원의 뺨을 스치고 지나가며 긴 핏자국이 흘렀다.

정원은 말없이 빗자루와 쓰레받기를 가져왔다. 그러고는 미호의 손에 강제로 쥐여주었다. 미호가 손에 쥔 것들을 내던지자, 정원이 청소도구와 깨진 컵이 나뒹구는 바닥을 내려다보고 말했다.

"야, 치워."

"가사도우미 아줌마한테 치우라고 하면 되잖아."

"야. 평생 너한테 도우미 선생님이 붙을 것 같아? 서른, 마흔 돼서도 사람들이 널 지금처럼 불쌍하게 봐줄 것 같으냐고. 평생 혼자 방 안에서 남들한테 시중받으며 공주로 살면 편하지?"

"개새끼."

"개도 똥 싸는 데는 따로 있어. 네가 깬 건 네가 치우라고."

"나 못 걸어. 못 줍는단 말야."

정원이 미호를 안아 들어 휠체어 아래 바닥에 던지듯 내려놓았다.

"미쳤어? 죽여버릴 거야."

정원이 발로 휠체어를 멀리 밀어내며 말했다.

"네가 깬 거 네가 치워. 휠체어 갖다버리기 전에."

미호가 눈물을 줄줄 흘리며 쓰레받기를 집어 들었다.

"고등학교, 대학교는 나와야 살기가 편해. 왜 있는 대로 성질을 부리냐."

"당신이 내게 그런 말 할 입장은 아니잖아."

미호의 적의는 고용인들마저 놀라게 할 정도로 뾰족했지만, 정원은 별 표정 변화가 없었다.

"학교 다니면서 병원 재활치료 받기가 얼마나 힘든지 알아?"

"뭐 굳이 내가 알 일은 없지."

"당신이 날 이렇게 만들었잖아."

"그래. 그럼 똑같이 못 걷게 나도 병원 침대에 눕히든지. 누가 말렸어?"

미호가 다 쓸지 못한 유리 파편을 주우며 정원이 말을 이었다.

"내가 사제 신분으로 놀고먹으려면 이미지 관리가 필수거든. 그러니까 사고 그만 쳐라. 오늘 만날 여자들이 한둘인지 알아?"

미호의 눈이 파르르 떨렸다.

다음 날, 정원은 학교에서 걸려온 전화를 받았다. 미호가 반 아이들과 싸워 부상을 입혔다는 것이다. 하지만 그는 처음으로 학생 보호자 호출에 나타나지 않았다. 약속한 시간, 정원은 중환자실에 있었다. 운전해 가다 학교 앞 도로의 가로수를 들이받고 구급차에 실려간 것이다. 갈비뼈가 부러져 폐에 박히는 순간, 정원은 그저 좀 자고 싶다는 생각을 했다.

사고 연락을 받은 가톨릭 교구에서 정원의 수술 수속 절차를 밟고 경과를 지켜보았으나, 정원은 요양원 노인에게서 옮은 폐렴까지 겹쳐 사경을 헤맸다. 그러다 며칠 후 간신히 깨어났다.

신부가 졸음운전으로 사고라니. 고위직 사제들의 질책성 병문안에 억지 미소로 송구스러움을 표하던 정원은 그들이 돌아가자마자 휴대폰부터 확인했다. 새벽미사용 모닝 알람, 복지법 개정에 따른 복지시설장 회의 알림, 요양원 보호자 면담 일정 안내, 임종

전 환자의 병자성사 요청 문자가 이미 확인된 걸로 나오고 알람 설정도 전부 꺼진 걸 보고 그는 의아해했다.

병문안을 온 사람이라곤 신부들밖에 없는데 신부라면 궁금하지도 않을 걸 굳이 누가 다 봤지? 이 병원에 내 휴대폰 패턴을 아는 사람도 없는데 무슨 수로 알람을 다 끈 거야? 병원기기에 영향을 줘서 그런 건가?

정원은 몸을 움직일 수 있게 되자마자, 중태였으니 경과를 지켜보라는 의사와 간호사들의 만류에도 급히 퇴원했다. 그러고는 미호의 학교부터 찾아가서 피해 학부모들의 연락처를 받아 일일이 사과하러 다녔다. 피해 학생의 학부모들은 퇴원하자마자 찾아왔다는 보호자의 상한 얼굴을 보고 심한 말을 꾹 참는 표정이었다. 신부는 내심 다행이라 생각했다.

하루 종일 꾸벅거리며 사죄와 치료비에 대한 약속을 하고 나서야, 정원은 미호의 아파트에 들렀다. 미호가 수업을 마치고 활동 보조인과 함께 돌아오기까지는 시간이 있었다. 한 달 가까이 못 왔으니 대충 집을 살피고 하교한 애랑 마주치기 전에 빨리 요양원으로 돌아가야지.

정원이 가사도우미가 미뤄둔 쓰레기봉투를 내다 버리는데 미호가 학교에서 돌아왔다.

"야, 잘 있었어?"

미호가 알은체도 하지 않자 정원은 어이가 없었다. 3주 넘게 못 나타났으면 뭔 일이 있었는지 궁금할 법하지 않나? 아니, 얘가 사고 소식을 못 들었겠지. 들었으면 왜 살아 나타났냐고 화냈을 거 아냐. 피식대던 정원은 베란다에 쌓인 종이 박스를 내놓고 얄게 물이 새는 주방 수도 호스를 새것으로 바꾸었다. 휠체어 바퀴에 해진 식탁 밑 러그까지 갈고 나자, 눈도 못 뜰 정도로 피로했다.

신부는 시계를 보았다. 오후 다섯 시가 되어갔다. 요양원 사무실 직원들이 퇴근하기 전에 돌아가야 하는데.

요양원은 교구와 정부의 지원금이 들어오는지라 자금지출에 대한 증빙서류가 복잡하고 많았다. 사회복지사와 간호사가 서류를 만든다지만 책임자인 정원이 검토하고 결재해야 직원들의 각종 수당 지급이 원활했다. 며칠은 쉼 없이 서류를 봐야 할 것이다.

졸음운전 사고를 두 번 낼 수는 없으니 20분만 자자. 그리고 차 몰고 요양원에 도착하면 다섯 시 반쯤 될 거야. 직원들 퇴근 시간 안에 후다닥 인사하고 결재판부터 열어야지. 불편하게 자야 깨는 데 쉬울 테니 식탁에서 잠깐 눈을 붙이자.

정원은 휴대폰 알람을 20분 뒤로 맞추고 식탁에 엎드렸다. 무리해서인지 식은땀이 번져 얼굴이 미끈거렸다. 정원을 보고 있던 미호가 그날 처음으로 입을 열었다.

"나, 간식 먹어야 해. 잘 거면 소파에 가서 자."

"너 간식 먹는 거 방해하려고 온 거니까 나 방해하지 마."

정원은 곧 잠들었다. 푹 자고 깨니 새벽 햇살이 눈부셨다. 맞춰뒀던 알람은 꺼져 있었다. 아니, 사제 생활하면서 알람 끈 적 한 번도 없는데 요즘 왜 이러지?

정원이 기겁을 하며 현관에 쌓인 밀린 고지서를 집어 들고 코트를 걸치는데 미호가 다가왔다.

"야, 깼냐? 아직 다섯 시 반이야. 학교 가려면 멀었어."

"나, 자퇴할 거야."

"미쳤냐? 아침부터 왜 또 그래."

"정말이야. 나 자퇴할 거니까 말리지 마."

"헛소리 말고 가서 자."

"자퇴한다고. 당신이 무슨 말을 하든."

가볍게 들었으나, 결심이 굳은 미호의 표정에 정원은 당황했다.

"야, 내가 학부모 면담에 한 번 빠졌다고 그래? 아무리 백수라지만 옷 갖춰 입고 학교 가는 게 쉬운 줄 알아? 매일매일 노는 것도 루틴이 있다고."

미호가 가만히 정원을 보았다. 쟤는 표정이 왜 저렇담. 정원이 말했다.

"야. 학교 다녀. 네 성질에 앞으로도 사고 한두 번 치겠냐? 담부턴 내가 뭔 일이 있건 안 빠지고 가면 되잖아."

"……어쨌든 그만둘 거야."

정원은 미호에게 상처주는 말을 가리지 않았지만 미호는 무표정한 얼굴로 자퇴하겠다고만 할 뿐이었다. 애한테 가뜩이나 예민할 나이 또래들이 득실거리는 일반 고교를 다니라고 한 건 너무 무신경한 처사였을까. 나는 아이의 미래를 생각해서가 아니라 학부모들에게 들인 시간과 돈이 아까워서 미호한테 계속 학교를 다니라고 강요하는 건 아닐까. 정원은 도무지 알 수 없었다.

결국 미호는 고등학교를 자퇴했다. 거듭된 수술과 재활치료는 정원이 물려받은 유산만 줄여나갔고, 미호는 여전히 걷지 못했다. 그리고 점차 말수가 줄어들었다. 정원의 강권으로 검정고시를 보고 단번에 합격하긴 했지만 그뿐, 미호는 방 밖으로 나가는 일이 없었다.

정원은 가끔 아파트에 혜수를 데려오곤 했다. 정신과에서 자다 깬 자신을 대신하여 운전해 데려다준 그녀를 문 앞에서 그냥 보내기도 미안했기 때문이다. 현관문을 연 정원은 소리도 없이 방에서 나와 자신과 혜수를 빤히 쳐다보는 미호에게 좀 놀란 듯 흠칫하며 말했다.

"도우미 선생님이 왔다 가신 것 같네. 점심 먹었냐? 안 먹었으면 나랑 혜수랑……."

미호는 대답도 없이 바로 휠체어를 조작해 제 방으로 향했다. 성질하고는.

쓴웃음을 지은 정원이 혜수를 식탁에 앉혔다.

"점심 먹을 거지?"

"아까 주신 디저트를 먹어서 배고프지 않아요."

그럼 간단한 거라도. 신부가 식빵을 구워 버터와 꿀을 바르고, 아몬드 슬라이스를 뿌려 건넸다.

"내가 요리를 잘 못해. 밥은 이걸로 대신해."

혜수는 웃으면서 정원이 건넨 빵과 우유를 맛있게 먹었다. 정원이 혜수에게 하는 시답잖은 이야기들이 방으로 들어가는 미호에게도 들려왔다.

"그냥, 저 꼬맹이야 길고양이 주워온 거나 다름없지 뭐. 말도 더럽게 안 듣고 온갖 것 다 부수고 엄청 할퀴어대. 누가 짝이 될지 아마 개고생일 거야."

정원이 피식거렸다. 혜수의 병원 새 동료 이야기며 그녀가 좋아하는 간식거리를 묻는 그의 목소리는 미호와 대거리할 때와는 달리 본래의 듣기 좋은 미성이었다. 미호가 입술을 깨물었다.

미호는 늘 방에서만 생활했다. 소녀는 고용인들과 온갖 음악을 들을 수 있는 유튜브만 있으면 모든 것이 제 마음대로 되는 세상이라고 여기는 것 같았다. 정원은 미호가 계속 방에 갇혀 있기만 할까 봐 겁이 났다.

소녀는 자라면서 그 미모가 사람들의 시선을 끌기

시작했다. 가냘픈 몸매에 커다란 검은 눈, 투명하리만큼 흰 피부는 남녀불문 누구나 미호를 홀린 듯 쳐다보게 했다. 정원으로서는 영 달갑지 않은 일이었다. 걷지도 못하는, 아직은 어린 여자아이 아닌가. 지켜줄 남자가 있어야지. 좋은 여대에 입학시켜 졸업하자마자 바로 괜찮은 남자를 찾아서 시집보내는 게 장땡이다.

정원은 자신이 집에 들르는 월요일이면 미호에게 한 끼씩은 꼭 밥을 하게 하고 같이 먹었다. "결혼해서 남편에게 이쁨받으려면 가사노동도 해봐야지." 미호가 화를 냈지만 정원은 막무가내였다. 그는 자신이 언제 어디서 죽을지 모른다고 생각했다. 미호에게 타인과의 접촉이란, 돈을 받는 가사도우미와 활동 보조인이 전부인 것도 두려운 일이었다.

"야, 점심 먹을 거지? 밥해라."

미호의 얼굴이 일그러졌다.

정원은 미호의 표정이 변하든 말든 대수롭잖게 생각했다. 그는 미호가 한 밥을 푸고 냉장고의 반찬을 꺼내 접시에 담고는 함께 식탁에 마주 앉았다.

"밥맛이 이상하네. 밥에 뭐 넣었냐?"

"수면유도제."

"어쩐지 쓰더라."

정원이 밥을 퍼먹으며 말했다. 미호가 질린 얼굴로 정원을 보았다.

"농담하는 줄 알아?"

"아니겠지. 그러게 재활 좀 열심히 하라니까. 걸어 다니면 나한테 독약도 사서 타고, 좋잖아?"

미호가 젓가락을 내던졌다. 정원이 태연하게 반찬을 집어 먹었다.

"이왕 할 거면 영원히 재우든지. 시시하게."

미호가 이를 악다물고는 휠체어를 굴려 식탁에서 멀어졌다.

정원이 일어나 휠체어를 잡고 미호를 식탁 앞으로 데려왔다.

"누가 밥상머리에서 젓가락을 던지고 어른보다 먼저 자리를 떠? 너 키운 놈 누구냐. 그놈 성질머리랑 똑같네."

"놔. 미쳤어?"

"싫으면 걸어."

"개새끼."

미호의 눈에 눈물이 그렁했다. 정원이 미호에게 숟가락을 쥐여주었다.

"먹어. 또 박차고 나가면 이번엔 휠체어 내던지고 식탁 의자에 앉힐 거야."

미호가 밥을 먹었다. 숟가락에 눈물이 뚝뚝 떨어지는데도, 정원은 아무렇지도 않은 듯 반찬 접시를 미호에게 밀어주었다.

정원은 미호에게 필요한 미래를 고려했다. 회복이 늦어져서 여전히 정상적으로 걷기가 어렵다면 마음이 바뀌어 이민을 가고 싶어질 수도 있어. 캐나다는 장애인 이민 조건이 완화된 편이니 일단 그쪽을 생각해보자. 이민 허가를 받을 때는 고졸보다는 대졸이 유리하니 대학에 꼭 가야 해. 장애인 관련 시설과 병원은 지방보다 서울이 나은 편이니 서울의 대학에 가야겠지. 영어를 잘해야 이민 갈 때 유리할 테니 영문과에 보내자. 그리고 돈 많고 집안 좋은 남자에게 시집보내려면 서울 명문여대가 좋을 거야. 대학에 들어가면 학교 근처에 집을 사서 휠체어가 다닐 수 있게 뜯어고쳐야지. 대입학원이 개강하기까지 시간이 아직 남았으니 그전에 영어를 배워두면 입시에 도움이 될 것이다.

정원은 미호를 영어학원에 보내기로 했다.

"일단 영어학원 한두 달 다니다가 대입학원 개강에 맞춰서 입시학원 다녀. 그리고 이화여대 영문과 지원해라."

미호는 신부가 멋대로 정해주는 진로 계획에 진저리를 쳤다.

"난 영어에 관심 없어."

"평생 이 나라에 갇혀 살 생각이야?"

"당신이 무슨 상관인데."

"평생 열아홉일 순 없어. 세상이랑 섞여 살아야 돼. 이 집, 이 방 안에서 유튜브에만 파묻혀 살 순 없다고."

아이는 세상의 모든 것을 보고 느끼고 경험해야 했다. 바람, 공기, 햇빛과 하늘과 수많은 사람들. 정원은 미호가 무수한 사람들이 넘치는 세상에서 자라고 그들과 섞여 살아가길 바랐다.

사제의 휴일은 월요일이었다. 정원은 월요일마다 미호가 있는 아파트에 들러 소녀를 휠체어에 태우고 백화점에 갔다. 미호는 진저리를 치며 싫어했지만 180센티미터가 넘는 성인 남자의 힘을 이길 수는 없었다. 그녀는 눈물범벅이 되어 신부와 함께 백화점을 돌았다.

정원은 미호의 전동휠체어를 천천히 따라가다, 영캐주얼 매장에 가서 새로 나온 학생 옷들을 골랐다. 소녀의 휠체어 곁에 선 훤칠한 남자는 매장 직원들의 친절한 안내를 받았다. 간혹 그가 신부임을 알아보는 직원이 있으면, 친절은 행사 시작 전의 사은품까지 끼워주는 호의로 변했다. 미호는 자신을 보는 동정 어린 눈길과 휠체어를 따라 걷는 정원을 향한

호감 어린 눈빛을 견디기가 어려운 것 같았다. 반면 신부는 세상에서 가장 자연스러운 일이라는 듯 별 표정 없이 휠체어 옆을 지키고 다녔다.

정원이 백화점 쇼핑에 몰두하는 이유는 미호 때문이었다. 나날이 허물어지고 있는 그 자신의 심신이 미호가 성인이 될 때까지 제대로 버텨줄지 자신할 수 없었다. 자신이 죽기 전 미호가 결혼을 하고 자리를 잡았다면 다행이겠으나, 아니라면 보호자 없이 홀몸으로 세상에 나가는 것과 다름없었다. 매주 억지를 부려가며 백화점에 나오고 마트를 도는 것은 다른 이유가 아니었다. 고등학교를 중퇴하고 검정고시를 통과한 미호가 또래와 어울리지 못하고 고립되다가, 정원이 죽은 후 성인의 나이가 훌쩍 지나서까지 세상에 적응하지 못하고 포기하게 될까 봐 두려웠다. 성범죄자로 오해받고 발칵 화를 내며 뒤돌아서는 대신, 바로 쫓아갔다면 애를 구할 수 있었을 텐데. 실패로 끝나면서 아이에게 고통만 안긴 몇 번의 수술을 할 필요도 없었을 텐데.

정원은 그 사고 후 몇 년간, 어린 미호가 아파트에서 던져지기 직전 급히 가로채 겨우 껴안는 꿈을 꾸었다. 미호의 거친 발버둥에 다리가 차이면서도 다행이라고 몇 번이나 혼잣말하는 꿈을. 잠에서 깨면 정신이 혼미하여 정원은 현관에 놓인 스페어 휠체어를 만져보고서야 꿈이었음을 알았다. 그런 꿈을 꾸고 나면 정원은 억지로 시간을 만들어서 미호를 끌고 백화점으로 나왔다. 그리고 직원이 추천하는 대로 물품을 사들였다. 백화점에서 계절에 앞서 선보이는 색색깔의 옷들과 산뜻한 향수와 화장품, 학생용 타이즈와 샌들과 부츠. 미호는 차가운 얼굴로 정원의 양손 가득 들린 쇼핑백들을 보며 말했다.

"이런 건 인터넷으로 사면 되잖아. 사람들이 날 희귀동물 구경하듯 보는 게 싫어."

"공주병이냐? 아무도 너한테 관심 없어."

정원의 말은 틀렸다. 휠체어를 탄 무표정한 미소녀와, 소녀를 지키듯 선 수려한 남자는 지나는 사람들이 모두 눈을 떼지 못하고 쳐다보았다. 그러거나 말거나, 정원은 아무 옷가게나 휠체어를 밀고 들어가 옷을 고르고 사고 카탈로그까지 얻어 나왔다. 미호가 사람들의 시선에 익숙해지게끔 만들어야 했다. 움츠러들어선 안 되지 않나. 오늘은 이 백화점, 내일은 저

서점으로. 엘리베이터가 설치된 곳을 파악하고 장애인 화장실이 깨끗하게 청소된 곳을 알아두어야 했다. 미호는 원래대로 걷게 될 거야. 그전에 언제라도 세상에 섞이는 법을 배워야 해. 정원은 자신이 곁에 없더라도 미호가 익숙하게 세상을 활보하길 바랐다.

미호와 아파트로 돌아온 정원은 쇼핑백들을 소파에 내던지고 누워 말했다.

"야. 점심 먹을 거지? 밥 차려라."

"직접 차려 먹으면 되잖아."

"야, 종교인이 노동하는 거 봤어?"

정원이 손을 까딱거렸다. 미호는 입술을 깨물며 토스터에서 식빵을 굽고 버터를 발랐다. 그리고 꿀 대신 주방세제를 집어 식빵에 듬뿍 뿌려서는 우유와 함께 내밀었다. 정원은 버터 위로 끈적하게 흘러내리는 투명한 주방세제를 보았다. 그는 말없이 식빵을 베어 먹고 우유를 마셨다. 식빵을 먹으면서 아이패드에 띄워놓은 신학 논문을 들여다보는 정원을 미호가 질린 듯 바라보았다.

"미쳤구나."

"먹으라고 준 거 아냐?"

정원이 식빵을 천천히 다 먹었다. 그는 입안에서 미끌거리는 세제의 맛을 믹스커피의 마지막 한 모금으로 눌렀다.

"담에 내 몫 차릴 때는 나 안 볼 때 해라. 네 레시피 되게 별로야."

믹스커피를 새로 탄 정원이 자신의 접시를 설거지하고는 컵을 들고 주방에서 나갔다. 미호가 입술을 깨물었다.

미호는 정원의 강권에 의해 어쩔 수 없이 영어학원을 다니기 시작했다. 곧 때려치우겠다 하지 않을까 생각했으나, 의외로 교재를 더 사달라며 흥미를 붙인 듯한 미호의 모습에 정원은 잘되었다고 생각했다. 그러던 어느 날 학원 수업이 시작될 즈음 미호는 신부가 기다리고 있는 차로 되돌아왔다. 얼굴이 온통 눈물범벅이었다. 왜 그러는지 이유를 말하지도 않았다.

이후 학원 사무실에서 조심스럽게 걸려온 전화로 정원은 진상을 알게 되었다. 미호가 수업을 받기 위해 이동하던 중 전동휠체어가 갑자기 움직이지 않자, 어떤 삼십 대 남자가 다가와 도와주겠다고 했다고 한다. 그러고는 미호를 휠체어째 끌고 교실이 아닌 남자 화장실로 들어갔다는 거다. 그때 청소 중이던 아주머니가 아니었다면, 하고 사무직원이 말끝을 흐렸다.

정원은 학원의 CCTV를 확인하고 남자의 얼굴을 익혔다. 미호가 학원을 쉬는 날, 정원은 그 학원으로 출근했다. 곧 찾던 얼굴을 발견한 정원은 남자를 따라갔다. 그가 콧노래를 부르며 남자 화장실로 들어가자, 정원은 청소도구함에서 '청소중'이란 푯말을 꺼내어 내걸고 화장실 바깥문을 잠갔다. 정원은 화장실 칸으로 들어가려는 남자의 어깨를 잡아챘다.

"너 한미호 알지."

"뭐, 뭐요."

"검정고시 치고 대입 준비하는 애. 알잖아."

"아. 그 휠체어 탄 여자? 근데 그쪽이 무슨 상관인데요."

"너 걔한테 무슨 짓 했어."

"무슨 짓은…… 그쪽은 뭐하는 사람인데요?"

"그건 네가 알 거 없고."

"아. 그쪽, 미호 씨 오빠요? 그 신부인지 하는 오빠, 생긴 게 기생오라비 같다던데."

"미호 씨라고?"

화장실의 한 뼘 창문으로 들어오는 햇살이 정원의 어깨에 가려졌다. 남자가 주춤 물러서며 말했다.

"이봐요, 내가 불쌍한 여자 도와준 걸 오해한 거 같은데, 여자들이 원래 피해의식이 심하잖아요. 멀쩡하지도 않은 여자가 헛소리한 거 듣고 남자끼리 이러지 맙시다."

정원이 말없이 남자의 배를 갈겼다. 억하고 배를 움켜쥐며 주저앉은 남자가 정원을 올려다보았다.

"뭐, 뭡니까. 그쪽, 신부님이라면서요. 신부님은 '원수를 사랑하라' 뭐 그런 사람 아닙니까?"

"내가 성경 공부를 안 해서."

신부가 남자를 걷어차며 말했다. 악, 비명이 터지자 정원이 남자를 지그시 밟았다.

"야, 너 원래 이렇게 피해의식이 심하냐?"

"신부가 사람을 패? 이 미친 새끼가 옷 벗고 싶어?"

"하……."

정원이 구석에 세워져 있던 대걸레를 보았다.

"내가 사심으로 신학교를 다녔는데 말야, 신부가 됐는데도 별 쓸모가 없어. 옷 벗기고 싶으면 벗겨봐라. 응?"

정원이 대걸레를 집어 들었다. 퍽퍽 소리와 함께 비명이 터졌다.

정원은 아파트 주차장에서 차를 몰고 나왔다. 그를 의아하게 쳐다보던 미호가 말했다.

"오늘, 백화점 가는 날이 아니잖아."

"영어학원 가야지."

"뭐?"

"매주 가던 학원이잖아."

"미쳤어? 학원 안 가."

"네 휠체어 멋대로 끌었던 놈은 안 나와. 신경 쓸 거 없어."

"당신이 어떻게 알아?"

"고해성사를 하더라고."

"거짓말이지?"

"응."

미호가 어이없다는 표정을 했다. 그리고 작은 입술을 피가 날 듯 깨물었다.

"학원 안 가. 절대 안 갈 거야."

신부가 차 문을 열었다.

"안 간다고 했잖아."

"그럼 이런 일 있을 때마다 피할 거야? 네가 뭐 죄지었어? 네가 왜 숨는데?"

"숨는 거 아냐."

"그럼 뭔데? 학원 가야지."

"싫어. 당신이야말로 뭔데?"

"나는 네가 다니는 학원 학원비 내는 사람이지."

"당신이 아니었으면 이렇게 되지도 않았어."

"그래. 근데 어쩌겠냐? 그렇게 됐는데? 싫으면 걸어."

"개새끼."

정원이 미호를 들어 안아 차에 태웠다. 미호가 몸부림을 치며 정원의 등과 어깨를 때렸지만 미호는 그를 이기지 못했다.

"난 당신이랑 닿는 것도 끔찍해."

"안됐네."

정원이 차의 시동을 걸며 말했다. 학원에 도착할 때까지 내내 미호의 숨죽인 울음소리가 났어도, 정원은 뒤돌아보지 않았다.

정원은 영어 수업이 끝나는 시간에 맞추어 미호를 데리러 왔다. 미호는 눈물을 잔뜩 흘려 퉁퉁 부은 눈으로 정원과 시선을 맞추려 하지 않았다. 미호의 조그마한 얼굴이 잔뜩 젖어 있는 것을 사람들이 안쓰러운 듯 흘깃거렸지만, 정원은 표정 하나 바꾸지 않았다.

"그 미친놈은 안 온다고 했잖아. 왜 사람 말을 못 믿냐."

"개새끼."

차에 탄 미호가 고개를 숙이고 어쩔 줄 몰라하다가, 입술을 물며 말했다.

"백화점 가는 줄 알고 화장실을 생각 못 했어. 영어 학원 장애인 화장실은 남녀공용인데 고장났어. 백화점 화장실이나, 그 비슷한 곳으로 데려다줘."

정원은 근처의 건물을 검색했다. 바로 앞에 대형 서점이 있었다. 신부는 서점에 들어가, 까만 대리석으로 장식된 화장실 앞으로 미호를 데려다주고 기다렸다. 미호가 휠체어를 조작해 금방 나왔다. 그러고는 눈물이 그렁한 채 말했다.

"화장실이 잠겨 있어."

정원이 장애인 화장실을 슬쩍 들여다보았다. 밀대며 대걸레가 비죽 솟아 나온 화장실 문이 낡은 열쇠로 잠겨 있었다. 정원이 미호의 전화기를 가리켰다.

"한가하게 울지 말고 항의 전화해."

"집에 데려다줘."

"전화하라니까."

"내가 전화하면 뭐가 바뀌는데? 저긴 화장실이 아니라 그냥 청소도구함이야. 빗자루 같은 것만 들어 있단 말야. 집에 데려다줘."

"전화해."

결국 미호는 억지로 전화했다. 서점 관계자가 달려 나와 화장실을 확인하는 동안, 미호는 화장실을 못 가서 그런지 얼굴이 빨개져 아무 말도 못 했다.

"생리현상은 좀 참아. 사과를 받는 게 중요하지."

"개새끼."

정원은 서점 관계자들이 허리 숙이며 미호에게 사

과하는 것을 보고서야 근처 호텔의 장애인 화장실로 미호를 데려다주었다.

미호가 나오자 정원이 말했다.

“이 호텔, 뷔페 있더라. 네 식빵 레시피 짜증나니까 여기서 밥 먹고 가자.”

“배고프지 않아.”

“내가 배가 고파. 넌 그냥 구경이나 해라.”

“당신은 정말 개새끼야.”

정원이 미호를 데려간 곳은 서울의 야경이 내려다보이는 뷔페 창가 자리였다. 직원은 두 사람을 야경이 잘 보이는 테이블로 안내했다. 정원은 의자 하나를 빼내어 직원에게 맡기고 미호를 안쪽에 앉혔다. 투명한 어둠 속에서 한강 다리가 가늘게 반짝이는 것을 미호가 놀란 듯 내려다보는 동안, 정원이 익숙하게 직원에게 와인 리스트를 요청했다.

미호가 어이없다는 표정을 했다.

“혼자 이런 데 잘 다니나 봐?”

“응. 난 다리가 멀쩡하니까.”

미호의 표정이 일그러졌지만 정원은 신경도 쓰지 않았다. 어차피 운전해서 돌아가야 하니 와인은 마실 수도 없었고, 신학교에 입학한 뒤 소주 외의 술은 먹지 않기로 마음을 정한 터였다. 와인 이름이라도 구경하고 싶어 리스트를 받아 들었지만 무난한 칠레 와인이 대부분이고 신부가 좋아하는 종류는 없었다. 하기야, 뷔페니까. 정원이 짧게 한숨을 쉬곤 지나던 직원에게 와인 리스트를 돌려주었다. 그리고 하품을 하면서 미호에게 말했다.

"야, 나 피곤하니까 네가 음식 좀 가져와."

"내가?"

"응. 너 부려먹으려고 데려온 거야."

정원이 의자에 몸을 묻으며 말했다. 미호가 스테이크며 전복찜 등이 가지런히 진열된 긴 음식 테이블을 곁눈질했다. 평일 저녁이라 사람들이 많지 않았지만, 전동휠체어는 사람 한 명보다 공간을 더 차지했다. 미호가 휠체어를 내려다보곤 작게 말했다.

"내가 가서 먹을 걸 갖고 오라고? 다른 사람들이 불편해할 거야."

"그거야 다른 사람 사정이지."

미호가 정원을 노려보았다. 정원이 피식 웃었다.

"야, 닭죽 한 그릇 떠다 줘. 요즘 소화가 안 되거든."

정원이 눈 밑을 꾹꾹 누르며 말했다. 갑자기 몸살이 난 동료 신부를 대신해 손님 신부로 미사를 집전하고, 고해성사를 수십 건 해주고 오다 보니 피로했다. 정원은 고해성사를 다정히 해주기로 유명해서, 평소에 고해를 않던 신자들도 정원이 손님 신부로 왔다고 하면 갑자기 몰려들고는 했다. 그러나 사람들의 내밀한 고통을 듣고 하나하나 위로하고 나면 기운이 하나도 남지 않았다. 정원은 머리가 핑 돌아 관자놀이를 눌렀다. 눈을 감고 고개를 떨군 정원을 보던 미호가 말없이 휠체어를 조작해 음식 테이블 쪽으로 나갔다.

음식을 담는 사람들 사이, 중년 남자 하나가 미호를 보고 눈을 반짝였다.

"와, 이렇게 예쁜데 다리를 못 쓰니 안됐네. 내가 맛있는 거 골라서 같이 담게 도와줘?"

접시를 내려놓은 중년 남자가 미호에게 다가서더니, 휠체어를 꽉 쥔 미호의 손을 주물거렸다. 순간 얼굴이 파래진 미호가 진열대의 포크를 들어 남자의 손을 내리찍었다.

"아악!"

미호와 남자에게 주변 손님들의 시선이 쏠렸다. 미호는 반사적으로 정원을 돌아보았다. 정원은 의자에 앉아 말없이 미호를 보고 있었다. 미호가 음식 테이블로 나갈 때부터 보고 있었던 게 분명했다. 남자가 포크에 찍혀 피가 흐르는 손을 보더니 소리쳤다.

"호텔에 또라이년도 와! 이년이 가엾어서 도와줄랬더니 병원비는 있어서 이 지랄이야?"

제 손을 살피고 냅킨으로 감싸 쥔 남자가 분을 참지 못한 듯 다른 손을 들어 미호를 때리려 했다. 미호가 얼굴을 가리는 순간, 소리도 없이 다가선 정원이 남자의 팔을 잡아 쥐었다.

"뭐, 뭐요."

대답 없이 남자의 팔을 고쳐 쥔 정원이 그를 내려다보았다. 신부의 얼굴엔 별 표정이 없었다. 정원을 올려다보던 남자가 마른 입술을 축였다.

"저 여자 오빠요? 나는, 여자가 불쌍해서. 가엾고 안돼서 도와주려고."

촘촘한 크리스털 조명 아래, 정원의 눈이 서늘하게 빛났다. 말리려던 직원들이 아무 말도 하지 못하고 정원을 쳐다보았다. 남자가 자신을 향한 주변의 시선을 돌아보고, CCTV 카메라를 올려다보고, 정원을 바라보았다.

"죄송합니다. 잘못했습니다."

정원이 남자의 팔을 놓아주며 힐끗 미호를 보았다. 그러자 남자가 몸이 불편한 사람처럼 힘겹게 미호 쪽으로 몸을 돌렸다.

"잘못했습니다."

남자는 정원의 길게 늘어진 그림자를 슬쩍 보고 입술을 움직였다.

"어쩌다 보니, 손을, 잘못 건드렸습니다."

남자가 들릴락 말락 한 소리로 말했다. 미호가 입술을 짓씹었다. 정원이 하품을 하면서 둘을 번갈아 보았다. 정원의 눈빛을 본 남자가 미호에게 고개를 숙이고는 또렷하게 말했다.

"정말 죄송합니다. 제가 잘못했습니다."

그 말을 듣자마자 정원은 남자의 뒷주머니에 꽂혀 있던 휴대폰을 빼내 제 전화번호를 눌렀다. 그리고 자신의 휴대폰에 찍힌 남자의 전화번호를 확인한 다음, 메신저 어플을 열어 백만 원을 실시간 이체했다.

돌려받은 휴대폰을 본 남자가 놀라 신부를 쳐다보자 정원은 출입문 쪽으로 고개를 까딱해 보였다.

남자가 허겁지겁 식당을 나가는 동안, 정원은 빵 몇 조각을 집어 소녀와 자리로 돌아왔다. 애가 놀라긴 했겠지. 정원은 직원을 불러 차가운 탄산수를 주문해 미호에게 건네고 캉파뉴 조각을 집어 베어 물었다. 프랜차이즈 빵집과 다르게 곡물이 꽤 들어 있고 통밀 함량이 높긴 했지만 굽고 자른 지 하루가 넘었는지 질기기만 했다. 식욕보다 욕지기가 난 정원이 빵을 한입 베어먹고 내려놓으며 말했다.

“야. 닭죽 한 그릇만 떠와. 내가 요즘 소화가 안 돼.”

미호가 놀란 눈으로 신부를 보았다.

“지금…… 닭죽 소리가 나와? 나 여기서 나가고 싶어.”

“우리가 뭐 죄지었어? 그리고 포크는 또 있잖아.”

미호가 작게 말했다.

“미쳤어?”

“뭐가? 이 뷔페 식사에 얼마가 들었는지 아냐? 난 닭죽 한 그릇이라도 먹고 나가야겠어.”

“지금 다들 우리를 쳐다보고 있단 말야.”

"아직 사인을 요청한 건 아니잖냐."

"난 정말 당신이 끔찍해."

"하늘은 스스로 돕는 자를 돕는다잖아."

정원이 말했다. 그러고는 곧 눈을 비비고서 의자에 늘어지듯 몸을 기대었다. 눈을 감은 정원 뒤로 서울의 야경이 은하수처럼 반짝거렸다.

정원은 미호와 함께 아파트로 돌아왔다. 그는 미호를 휠체어에 앉혀 방에 들여보낸 뒤, 창고로 쓰는 방에서 오래된 비디오비전으로 비디오를 보았다. 어머니가 살던 보육원에서 훔쳐내 가져온 몇십 년 전 테이프였다. 비디오 속에서, 열네 살의 어머니가 성가를 불렀다. 아름다운 성경 구절을 노래하는, 어린 티가 가시지 않은 목소리였다.

정말 주님께선 모두를 돌보시는가. 풀잎 하나도 잊지 않으시는가. 그러면, 내 어머니의 인생은 어떻게 된 거지? 어떤 보상이 있었지? 당신이 날 찾아와 물으면 나는 어떤 대답을 내놓아야 하나.

정원은 다 돌아간 비디오를 앞으로 돌려 다시 틀었다. 너무 많이 본 비디오는 화질이 좋지 않고 소리가 지직거렸다. 앞으로는 하루에 한 번만 봐야지. 술기운이 도니 눈앞이 어질했다. 눈을 감았다 뜨니, 미호의 얼굴이 보였다. 미호는 과도를 들고 있었다.

미호가 정원의 목에 과도를 갖다 대었다. 말없이 비디오 화면을 끈 정원이 푸른 참이슬 소주병을 들어 마셨다.

"야, 목에 파란 혈관 보이지? 경동맥을 베야 돼."

"내가 겁주는 것 같아?"

"아니."

정원이 새우깡을 집어 먹었다.

"당신이 뭐가 그렇게 잘났는데. 난 당신이 죽어야 편해질 것 같아."

"동감이야."

정원이 멍하니 허공을 바라보았다. 다 피곤했다. 다리가 불편한 어린 여자애이니 형이 길지도 않을 것이다. 뭔가 그럴듯한 변명을 지어내면 정상참작이 되겠지. 하긴, 죽는 마당에 내가 걱정할 게 뭐야. 정원이 다시 소주를 넘겼다. 미호의 목소리가 떨렸다.

"내가 죽여버리겠다는데 아무렇지도 않아? 센 척하는 거야? 멋있어 보이려고?"

정원은 짜증이 났다. 그는 떨고 있는 미호의 팔을 쥐어 칼을 빼앗았다. 미호가 파랗게 질렸다.

"나한테 이러는 건 상관없어. 하지만 네가 세상에 나가서 이러면 뭘 얻겠냐. 말했지? 경동맥을 베라고. 징역을 살건 뭘 하건 죽는 것보단 나아. 그렇지만 휘두르지도 못할 칼로 위협하는 건 네 인생에 아무런 도움이 안 돼."

정원이 칼을 내던지고 방을 나갔다.

정원은 미호가 자신을 죽일 수도 있다고 생각했다. 사람이 칼로 한번 찌른다고 바로 죽는 것도 아니니, 머리가 좋은 애라면 전부 교묘하게 망가뜨릴 방법을 찾아내겠지. 정원은 쓰게 웃었다. 아이를 좋게 달래면 사이가 나아질 수도 있을 텐데, 어른이 돼 가지고도 나는 왜 순간의 화나 신경질을 참지 못할까. 갑자기 걷지 못하게 되고 휠체어를 타야 하는 괴로움이 어떨지 상상조차 가지 않았다. 그냥 가사도우미와 활동 보조인에게 아이를 떠넘겼을 뿐, 어차피 다 내 마음 편하자고 하는 일. 아이에게 생색을 낸 적도 없었지만, 아이가 무슨 생각을 하는지도 관심 없었다. 다리가 부러진 새끼 고양이를 주운 것뿐. 고양이가 긁고 부수고 던진다고 해서 상처를 입겠는가.

정원은 미호가 다시 걷게 되고, 성인이 되면 자신과 마주할 일 없다고 생각했다. 대학을 졸업하면 그 애도 결혼을 할 테고 좋은 남자와 살아가는 동안 날이 눅어 부드러워질 수도 있을 것이다. 그러면 시집간 여동생과 요양원 사제가 다시 볼 일이야 있을까.

정원은 휠체어 바퀴에 긁힌 거실 시트를 새것으로 바꿔 깐 다음, 요양원의 사제관으로 돌아갔다.

요양원의 분위기는 백화점이나 학원의 떠들썩한 활기와 반대였다. 요양보호사들은 치매 노인들이 파헤쳐놓은 기저귀를 갈아주고, 그들을 욕실로 데려가 몸을 씻기고, 다시 침대로 데려와 눕혔다. 그러고 나서야 주머니에서 다디단 캐러멜 같은 것을 꺼내 허겁지겁 입에 물었다. 살 빼야 하는데, 라는 말들을 하면서도 그녀들은 캐러멜을 놓지 못했다. 대부분 비만인 요양보호사들은 교대 시간에 숨을 돌리며 마트에서 대용량으로 파는 사탕을 깨물어 먹었다.

"맛있나요?"

정원이 말을 걸면 그녀들은 당황했다. 신부가 손을 내밀었다.

"저도 하나만 얻어먹을 수 있을까요?"

"원장신부님 입맛에 맞으실지 모르겠는데……."

그녀들이 대여섯 개씩 쥐여준 사탕은 싸구려 향료와 싸구려 색소와 싸구려 과당이 어우러진 싸구려 단맛이 났다. 치매가 심한 노인에게 밥을 먹이다가 뺨을 맞은 요양보호사가 울면서 꺼내 먹던 사탕이기도 했다. 정원이 보기에, 그녀들의 비만은 의지력과는 무관했다.

치매 앞에선 사람의 모든 것이 덧없었다. 노쇠로 인한 갖가지 질환에 치매가 겹치면 학력이나 성취는 어떤 의미도 없어 보였다.

몇십 년을 인내하며 산 이의 고통을 치매는 그 자신도 모르게 끄집어냈다. 정원에게 인사하던 노인은 다음 날이면 왜 어미를 보러 오지 않았냐고 욕설을 했고, 축복을 부탁하던 노인은 왜 딸과 자신을 버렸냐고 화를 냈다.

정원은 그들의 아들이 되었다가, 남편이 되었다가, 연인이 되고는 했다. 많이 바빴어요. 보러 오지 못해서 죄송해요. 당신에게 상처주려고 했던 게 아니라, 내가 모자랐던 거야. 늦게 돌아와서 미안해.

그들의 눈동자에서 읽히는 말들을 그대로 돌려주

면 주름진 거죽 안에 갇혀 있던 어린 여자들과 젊은 여자들이 핏기 없는 손으로 정원의 가슴을 두들겨댔다. 왜 이제 왔어? 왜? 여기서 얼마나 기다렸는데.

"병이라서 그래요, 병." 뒤늦게 뛰어온 요양보호사들은 자기 자신에게 말하듯 같은 말을 되풀이하며 정원에게서 노인들을 떼어내곤 했다. 침대에 다시 누운 노인들은 이제야 제 곁으로 돌아온 사내에게 평소의 설움과 기다려온 세월을 하나하나 일러바쳤다. 그래요. 이젠 무너진 담을 다시 올려줄게요. 송아지 밥도 쑤어놓았지요. 그럼요. 식구들도 하나도 아픈 데 없이 다들 돌아와 자고 있답니다. 덧문도 꼭꼭 다 닫았으니, 안심하고 주무셔도 돼요.

긴 하루가 저물었다. 노인들이 잠들고, 지친 요양보호사들이 파스를 갈아 붙이는 시간, 요양원 6층의 사제관으로 돌아온 정원은 씻고 믹스커피를 타서 책상 앞에 앉았다. 노인복지에 관련된 논문이나 책을 몇 장이라도 읽고 일과를 마무리하려고 했지만, 그는 출력한 논문을 쥔 채 책상 앞에서 잠들곤 했다. 다 마시지 못한 커피만 신부의 머리맡에서 단내를 솔솔 흘려냈다.

정원은 심신이 지칠 때면 혜수에게 갔다. 초코 스낵을 사다 주면 좋아하던 어린 혜수를 흐뭇하게 기억하고 정원은 선물과 함께 혜수에게 초코 스낵을 내밀곤 했다.

"저 이제 다 컸어요."

"그럼 이제 이거 싫어?"

"그렇진 않지만……."

정원은 혜수가 스낵을 바삭바삭 베어먹는 소리를 좋아했다. 그는 혜수에게 과자를 내밀고는 정신과 탕비실의 낡은 소파를 차지하고 잠들었다.

사제관에 돌아갈 시간으로 알람을 맞춰두고 깬 정원은 다시 차를 몰고 돌아가려 했다. 그러나 정원은 피로한 그를 걱정하는 혜수의 만류에 못 이겨 그녀에게 운전대를 넘겨주었다. 정원은 조수석에서 다시 잠이 들었다.

정원은 꿈을 꾸었다. 단발머리의 여자아이가 강의 다리 아래를 내려다보고 있었다. 낡은 운동화를 벗어놓은 하얀 맨발의 아이는 머리칼이 흩날려 옆얼굴이 잘 보이지 않았다. 물기만이 방울방울 떨어져 어두운 강물로 스며들었다.

어머니.

정원은 잠에서 깨었다. 혜수가 그를 들여다보고 있었다.

"무슨 식은땀을 그렇게 흘리세요."

"……아냐. 아무것도."

정원은 다시 잠들었다가 자신을 보는 시선을 느끼고 깨었다. 혜수가 얼른 눈을 돌렸다. 머쓱해진 정원이 말했다.

"너 말야, 선 언제 봐."

"선이요?"

"그래."

"신부님이야말로 건강검진 언제 받으셨어요?"

"건강검진?"

"네. 요즘 너무 자주 아무 데서나 잠드시고, 늘 피로해 보이세요. 건강검진은 최근에 언제 받으셨어요?"

정원은 신학교를 졸업한 이후 단 한 번도 건강검진을 받은 적이 없었다. 대한민국 신부는 4대보험이 공제된 백만 원대 월급을 교구에서 지급받아 생활했다. 그러므로 국가건강보험이 적용되어 2년마다 한 번씩 건강검진을 받을 수 있었다. 그러나 정원은 건강검진 안내장이 오면 바로 쓰레기통에 넣었다. 뭐가 발견되어도 치료할 생각이 없었기 때문이었다. 안내장을 버렸던 게 작년인지 재작년인지 가물가물했다.

"신부님은 사무직으로 처리되니까 2년에 한 번 받으시잖아요. 마지막으로 건강검진 받으신 때가 언제예요?"

"작년."

"신부님 서른일곱 살이시잖아요. 신부님 나이면 올해 건강검진 대상인데 작년에 받으셨다고요?"

"아니, 재작년인가?"

"계속, 검진받으신 적 없는 거죠?"

"아니야. 받았어."

"검진받으러 가서 초음파검사도 하셨어요?"

"했지."

"국가건강검진에 초음파검사는 없어요. 검진 안 하셨죠?"

"혜수야 너, 형사냐? 함정 수사해?"

"네. 신부님 자백하신 거나 마찬가지니까. 벌 받으셔야 해요."

"뭔데."

"여기 가시기예요."

혜수가 건강검진 예약 내역 문자를 내밀었다. 정원이 늘 피로해 보여 제 돈으로 예약한 거라고, 그녀가 말했다.

"쓸데없는 짓을."

"신부님, 그 애 재활치료 때문에 자주 가시던 곳이 편할 것 같아 그 병원으로 예약했어요. 이미 결제한 거니까 꼭 가세요."

혜수가 다짐을 시켰다. 정원은 머쓱해하면서 문자를 확인했다. 건강검진 자체보다도, 혜수가 신경 써 주는 게 싫지 않았다.

정원은 미호가 유튜브에서 본 노래를 혼자 흥얼대는 것을 유심히 들었다. 신학대에서 성가 연구를 권유받았던 그가 보기에 미호는 재능이 있었다. 그는 보컬학원을 알아보고는 미호에게 억지로 노래 레슨을 받게 했다.

"당신이 비용을 대는 거잖아. 더 이상 당신 잘난체하는 꼴 보고 싶지 않아."

"돈 이미 냈으니까 레슨 받아. 휠체어 굴리는 아이

돌은 유니크하잖아."

미호가 레슨 계획서를 내던졌다. 정원이 주워서 다시 쥐여주었다. 정원은 물러서지 않았다. 아이가 할 줄 아는 건 뭐든 많을수록 좋았다. 정원이 죽고 나서 미호가 그의 재산을 상속받는다고 해도, 그걸로 평생 먹고살 수는 없었다. 한 살이라도 어릴 때 뭐든 경험하고 얼마든 깨져봐야 했다. 애가 노래를 하다가 제 진로를 찾을 수도 있지 않을까? 아니면 친구 사귀는 데라도 도움이 되겠지. 아니면 음악은 아이에게 평생의 친구가 되어줄 것이다. 정원은 미호에게 쓸모가 있을 것 같으면 뭐든 남기고 갈 생각이었다.

신부는 웃돈을 주고 연습실을 오갈 차량편을 구해 미호에게 개인 레슨을 시켰다.

어느 날 정원은 미호의 재활 담당 병원에서 반가운 소식을 들었다. 하지 골절 후 걷지 못하는 미호와 유사한 사례의 환자가 걷는 데 성공한 새 수술법이 개발되었다는 것이다. 정원은 미국의 전문의와 십여 차례 메일을 교환한 뒤 미호의 수술자료들이 든 시디 수십여 장을 가지고 출국했다. 이어 병원을 방문해보고 희박한 성공확률과 수억의 병원비, 간병인들의 체류 절차가 단점이라는 결론을 내렸다. 그는 곧 수술을 예약했다.

정원은 미호의 오랜 간병인 두 명에게 웃돈을 주고 호텔방과 비행기표를 마련해준 후, 일정을 조정하고 요양원 입소 희망자들의 면담 일정도 일일이 양해를 구해 미루었다. 그러나 이제껏 미호의 수술 때마다 휴가를 낸 것이 쌓여 일정을 길게 비우는 요청이 받아들여지지 않아, 일단은 미호와 간병인부터 먼저 출국시켜야 할 듯싶었다.

정원은 미호에게 비행기표를 보여주며 출발을 강권했으나, 미호는 미국에 가지 않겠다고 했다.

"수술받고 나서 수술은 성공했다, 검사 결과도 정상이다, 그런데도 걷지 못하는 건 꾀병이거나 확률상 불가능하다, 이런 말을 10년 가까이 들으면 어떤 기분인지 당신이 알기나 해?"

"나야 알 리가 없지."

정원은 미호가 뭐라도 집어 던지리라 생각했다. 그러나 미호는 가만히 창밖을 보았다.

"나는 또 실망하고 싶지 않아."

저층의 아파트는 놀이터에서 아이들이 키득대며 뛰어다니는 소리가 다 들렸다. 정원이 말을 잇지 못하다가 입을 뗐다.

"네가 실망하는 건 이번이 마지막일 거야."

정원을 보고 미호가 냉소했다.

"미국까지 가서 성공 못 하면 어떻게 할 건데?"

차라리 애가 비웃기라도 하는 게 나아.

"영어학원 다녔잖아. 네가 따져." 정원이 말했다.

미호가 던지는 디퓨저를 정원이 잡아 들었다. 흩뿌려진 장미향 속에서 정원이 말했다.

"야, 내가 몰래 만날 여자들이 수두룩하거든. 여관이나 모텔을 갈 수도 없고, 휴가 기간에 조용히 만나자면 이 아파트가 적격인데 당황스럽게도 네가 있잖아. 서로 간에 스무스하게 비켜줄 수 있도록 미국으로 수술 일정을 잡아줬으면 적어도 기내식이 기대된다든가, 이 정도 대답은 해야 하는 거 아니야?"

"고작 여자 때문에 이렇게까지 해?"

"물론 그것만은 아니지. 나도 성직자답게 이미지 관리를 해야 하잖아. 원래 메소드 연기를 하다 보면 대사도 읊게 되고 스타니슬랍스키*도 읽게 되고 수술 예약도 하게 되는 거지."

정원은 날아오는 청동 문진을 피하고는, 그것에 푹 파인 벽을 바라보았다. 디퓨저 향이 정서 안정에 도움이 된다더니 광고는 역시 믿을 게 못 돼.

"전신마취가 깨지 못할 확률도 있지. 죽기 싫으면

* 러시아 연극 연출가.

가지 마. 나도 어떤 확률이든 삶을 택하지 도박 따윈 안 할 거야. 죽는 것보다야 무슨 짓을 해서라도 개똥밭에 뒹굴 거거든. 사실 너랑 나는 같은 부류잖아."

미호는 다음 날 미국으로 출발했다.

정원은 미호가 출발하고 하루 뒤에 따라갔고, 수술받은 소녀가 깨어난 것을 보자마자 바로 한국으로 들어왔다. 그는 활동 보조인에게 깨어난 아이의 간호를 맡겼다. 공적 신분이라 가족의 스케줄로 며칠 이상 비울 수도 없었던 것이다.

정원은 수술 성공을 기대하지 않았다. 단 몇 프로라도 성공확률이 있는 수술의 예약은 그에게 이미 관성 같은 거였다. 아무리 비싼 전동휠체어도 혼자 움직이는 데는 한계가 있었고, 미호는 지나치리만큼 예뻤다. 이 나라는 왜 이렇게 계단으로 가득 차 있을까. 미호에게 영어학원에서와 같은 일이 마지막이라고 장담할 수 있을까. 정원은 자신이 죽은 후 한국에 혼자 남게 될 미호를 상상하기도 두려웠다.

신부는 업무 틈틈이 캐나다 투자이민 절차를 알아보았다. 애가 대학을 졸업하고 원하면 언제든 이민을 갈 수 있게 준비해둬야지. 정원은 미호가 미국에서 돌아오면 영어연수를 핑계로 캐나다 여행을 보내어 그곳에 익숙하게 만들 계획이었다.

정원의 준비가 무색하게 수술은 성공했다. 미호는 한국에 돌아왔고, 비틀거리면서도 목발에 의지해 조금씩 걷기 시작했다.

재활치료실의 미호는 양 겨드랑이에 낀 목발에 몸을 기대고 비틀비틀 걸었다. 치료실 밖 유리 앞에 선 정원은 그 모습을 보고 또 보았다. 누군가가 의자를 놓아준다면 백 년을 봐도 질리지 않을 것 같았다. 미호는 그리 오래 돌아서, 이제야 제 인생의 궤도로 돌아온 거야.

정원은 미호의 기쁨을 방해하거나, 그것을 나눠 가지자고 제 모습을 드러내고 싶지 않았다. 사실 미호가 원래대로 돌아온 것에 자신의 지분이 있다고 생각하지도 않았다. 그 수많은 수술과 치료들은 그저 내 마음이 편해지려 한 거지, 내가 저 아이의 고통이 어땠는지 진심으로 묻고 들으려고나 한 적이 있었나? 아니라면 생색낼 이유도 필요도 없어.

미호가 치료실 밖에서 소리 없이 돌아서려는 정원

을 발견하고는, 재활치료 전문가의 부축을 받으며 힘겹게 그를 향해 걸어왔다. 미호가 나에게로 걸어오고 있다니. 정원은 눈을 껌벅였다. 뭘 어떻게 해야 하지? 축하의 말을 하거나 꽃다발을 사와야 하나? 미호가 그것을 원할까? 정원은 어색하게 서 있었다. 미호가 목발을 버리며 다가서더니, 있는 힘을 다해 정원의 정강이를 걷어찼다. 예상 외의 행동에 정원은 재활치료 전문가의 비명과 함께 병원 치료실의 푹신한 시트 위로 넘어졌다.

소녀가 정원과, 나뒹구는 목발을 보지도 않고 비틀비틀 걸어갔다.

"괜찮으세요? 아니 지금 다리에서 피가……."

"괜찮습니다."

칼이 안 들어온 게 어디야. 아니 그건 다음 차례인가? 재활치료 전문가는 바닥에 누운 채 키득대는 정원을 보고 뜨악한 표정을 지었다.

병원 앞 약국의 노처녀 약사는 가슴이 두근거렸다. 약국의 지루한 풍경 속으로, 그린 듯 제 취향의 외모인 삼십 대 남자가 상처용 밴드를 산다며 들어온 것이다. 어쩐지 오늘 별자리 운세가 괜찮더라니. 그녀는 남자의 손가락에 반지가 없는 것을 알아차리고는, 다친 부위를 보여주면 밴드를 골라준다며 호의를 베풀었다. 그러나 상처를 보여주는 대신, 발로 차인 다리에 피가 줄줄 났다며 기뻐하는 남자의 얼굴에 약사는 제 눈을 의심했다. "애가 저한테 걸어오더니 냅다 차는데 살이 파이더라고요. 아이의 다리 힘이 정말 좋죠? 축구선수를 시켜도 되겠어요." 행복해하는 남자가 정상이 아닌 듯 보여, 노처녀 약사는 이리도 인연이 생기기가 힘든가 보다 탄식하며 남자가 자랑하듯 내미는 밴드의 값을 결제해주었다.

아름다운 소녀는 병원 복도와 부드럽게 마감된 환자 전용 산책길을 걸으며 나지막하게 노래를 부르고는 했다. 팝이기도 했고, 피아노곡의 허밍이기도 했고, 오래전 흘러간 가요이기도 했다. 병원장에게서 홍보용 유튜브를 매일 업데이트하라는 요구를 받아 골머리를 앓고 있던 원무과 과장—그는 야근수당도 없었다—은 미호를 보고 그녀에게 빌다시피 하여 휴대폰으로 10여 분짜리 허밍 영상을 촬영했다. 3분 단위로 끊어 올리면 일주일은 대충 넘길 수 있을 것이었다. 영상편집을 배운 적도 없는 그는 얼렁뚱땅 사흘 치를 올리고 병원장에게 불려갔다. 며칠 전부터 병원 유튜브 관련 문의 전화가 폭증하는 이유가 뭐냐는 거였다. 그리고 곧이어 유튜브를 본 유명 기획사 대표에게서 병원으로 연락이 왔다. 미호를 스타 가수로 만들어주겠다는 제안이었다.

정원은 미호의 연예계 진출을 반대했다. 미호를 위한 정원의 계획에 연예인은 없었다. 정원이 기획사 대표와의 만남을 거절하자, 미호는 보란 듯 서명한 계약서를 내밀었다. 정원은 화가 나서 기획사 대표 대신 변호사를 만나 계약서를 검토했으나 딱히 독소조항이랄 것도 없어 정원이 미호의 활동을 막기는 힘들었다. 그는 미호가 성인이 될 때까지 아이의 연예계 활동을 미뤄보려 했다.

연예계 활동을 미룰 핑계를 위해 미호의 의사와 상담 일정을 잡은 정원은 자신의 건강검진 결과가 나왔다는 연락을 받았다. 마침 같은 병원이었으므로 정원은 곧 담당 의사에게 향했다.

정원

건강검진 결과를 통보하던 의사는 정원과 컴퓨터 화면을 번갈아 보며 표정이 더욱 어두워졌다.

"저, 다른 보호자분은?"

"없습니다."

"배우자분 같이 안 오셨나요?"

정원이 웃었다. 굳이 신부라는 사실을 밝힐 필요가 있을까.

"저 혼자 왔습니다."

"환자분 결과가 좀……."

"수술이라도 해야 되는 겁니까?"

의사의 망설이는 기색을 정원은 놓치지 않았다.

"일단, 오늘은 배우자분이 같이 못 오셨고…… 그럼 내일 배우자나 다른 가족분이라도 같이 오시겠어요? 오전 일찍 예약을 잡아드릴 수 있으니까."

"그냥 제게 말씀해주세요."

"일단, 나쁘게 예단하실 것까지는 없다고 봅니다. 젊은 나이고, 환자마다 병증이 다르고 치료 결과도 다르니까 우선 내일 일찍 오셔서……."

정원은 의사의 말을 들으며 휴대폰으로 요양원 홈페이지에 접속했다. 그러고는 자신의 사진이 뜬 요양원 조직도를 의사에게 내밀었다.

"저 요양원 원장신부입니다. 매달 병자성사하고 장례절차 진행하고, 당연하지만 독신입니다. 그러니 그냥 편하게 말씀해주십시오."

"네…… 환자분께선……."

의사가 한숨을 쉬고 말했다.

"췌장암 3기, 간암 2기, 폐암 2기, 위암 1기입니다."

정원은 귀를 의심했다.

"암도 암이지만 혈압, 혈당, 혈색소 등 모든 수치들이 비정상입니다. 환자분은 지금 움직이는 게 신기할 정도의 몸 상태예요. 평소에 각종 통증이나 구토 증세가 심하셨을 텐데 어떻게 참으셨는지?"

"구토는, 그게……."

"항암을 하지 않으면…… 살 수 있는 날이 3개월에서 6개월 정도인데, 여명을 늘리기 위한 항암치료를 하시면 1년 정도가 될 수도 있고……."

정원은 결과를 믿지 못했다. 다시 한번 검사를 받아보기 위해 그는 국립암센터로 차를 몰았다. 뭔가 잘못된 거야. 내가 암일 리가 없어. 그것도 네 개씩이나? 말도 안 된다. 검사지가 바뀌거나 오진이 난 거야. 정원은 이런 자신의 행동이 믿기지 않았다. 살고 싶어하지도 않았으면서.

그러나 이번에도 막상 네 개의 암이 적힌 진단서를 받아 들자 도저히 진정이 되지 않았다. 정원은 덜덜 떨리는 손으로 진단서를 가방에 집어넣고는 황급히 또 다른 병원을 예약했다. 펫시티PET-CT를 다시 찍고 결과를 기다리는 동안 그는 거의 아무것도 하지 못했다.

정원이 맞닥뜨린 결과는 절망적이었다. 췌장암 3기, 간암 2기, 폐암 2기, 위암 1기. 환자의 상태로 현재 수술 불가. 연명을 위한 항암치료 불가이거나 일부 가능. 여명은 3개월에서 1년.

세 번째로 같은 진단명이 적힌 종이를 받아 든 정

원은 진단서를 구겨 내던졌다. 그러고는 곧이어 내버린 진단서를 주워 펼쳐 다시 확인하려 애쓰는데 휴대폰이 울렸다.

"신부님. 검사 결과 나왔나요?"

혜수의 조심스러운 목소리였다. 한참 기다렸다 신중하게 전화한 것 같았다. 뭐라고 말하지? 난 이제 죽는다고? 신부가 억지로 전화기를 내려놓았다가, 다시 들었다.

"별거 없어."

"그죠?"

기다렸다는 듯 목소리가 밝아졌다.

"괜히 시간만 뺏게 하고. 죄송해요, 신부님."

"운전 중이야. 끊을게."

"네. 이제 귀찮게 안 할게요."

전화기 너머로 안심해 웃는 얼굴이 보이는 듯했다. 정원은 자기도 모르게 혜수에게 다시 전화해 위안을 구할까 두려워 전화기를 놓았다가, 다시 집어 들고 요양원 번호를 눌렀다.

정원은 요양원 직원에게, 오늘은 사제관에 돌아가지 않는다고 말했다. 사제관에서 홀로 맞이할 어둠이 무서웠다. 아무렇지도 않게 직원들을 대하고 병자성사를 주고 서류를 결재할 힘이 없었다.

정원은 주차장에 차를 세우고 한참 앉아 있었다. 어디로 가야 하나. 마음이 휑뎅그렁했다. 그는 어디로 갈지도 모르면서 무작정 차에서 내려 걸었다. 한참 걷던 정원은 신호가 계속 바뀌는 횡단보도 앞에 멍하니 서 있었다.

정원은 누군가에게 호소하거나 위안받을 수는 없다고 결론내렸다. 다른 사람들을 위로해야 할 자신이 속수무책으로 무너지면 다시 일어설 기력도 없을 것 같았다. 무너지고 나면, 다시는 사제관으로 돌아가 밀린 서류를 펼칠 수도 없을 것 같았다. 그는 목적지 없이 무작정 걸었다. 어디든, 아무도 모르는 곳에서 푹 좀 잘 수 있을까. 정원은 근처의 호텔을 검색하다가, 가격이 비싸다고 생각했다. 그는 도보 5분 거리, 바로 입실 가능하다는 게스트하우스의 독실을 골라 결제했다.

번화가의 게스트하우스는 외국인 여행객들과 지방에서 올라온 젊은 연인들로 소란스러웠다. 어설프게 한옥을 흉내 낸 얇은 벽 사이로 옆방의 수다와 케이팝 소리가 뒤섞여 정원의 귀로 흘러 들어왔다. 누군가는 게스트하우스의 주인에게 소음을 항의하는 모양이었지만, 신부에겐 벽 너머의 떠들썩함이 혼자가 아닌 듯한 느낌을 주어 오히려 위안이 되었다.

정원에겐 게스트하우스가 낯설었다. 요양원과 재활병원을 오가는 일상과는 다른 활기에, 자신이 몰래 스며든 스파이나 외계인이 된 듯한 기분이기도 했다. 그는 천장 벽지를 촘촘히 메운 핑크색 별들을 올려다보았다.

반년, 길면 1년이라…….

왜 하필이면 나지? 암이 한 개도 아니고 네 개씩이나 걸리다니. 내가 무슨 죄를 지었나?

신부는 자신이 지은 죄를 떠올려보았다. 십 대 시절에는 어떻게든 귀신을 안 볼 수 있는 방법을 알아내려고 온갖 점집과 무당들을 찾아다녔다. 그러나 제 어깨 위에 앉은 귀신조차 알아보지 못하는 그들을 보며 신학교로 도망을 왔다. 다른 신부들과 달리 세상에 자신을 바치겠다는 마음보다는 귀신들을 피해보겠다는 심산이었다.

이십 대도 삼십 대도 내내 자신의 고통 속에서 헤매기만 했다. 부모의 눈물과 늙어감도 미처 알지 못했다. 자신을 입양해 마지막까지 지원해준 부모를 돌보지도 않고, 평범하게 살길 바라는 그들의 소망도 모른 채 오로지 자기 자신의 문제에만 파묻혀 헤매었다. 자신에게 매달리는 자살자들을 향해 막말을 퍼붓고, 동생으로 입양한 아이에게도 상처를 주었다. 내가 거두었으니 내가 책임지겠다 생각했으나, 아이의 고통을 모르는 체했다. 스스로만으로도 버거워 알려고 들지도 않았다. 제 아비를 미워하는 것보다야 남을 미워하는 편이 아이에게 낫다 여겨 사실을 숨기고 아이와 대거리하며 받은 대로 내쏘기만 했다. 아니, 내 쪽에서 먼저 긁고 울리는 일도 여러 번. 어쨌든 돈을 대고 있지 않으냐는 핑계를 나 혼자 면죄부로 삼아 있는 대로 상처만 주었다.

생색을 낸 적은 없다고 생각했으나 오히려 생색을 내는 쪽이 나았을까. 아이를 위해서라기보다 자기만족으로 살았다고 생각해 미호를 이해시키려는 어떤 대화도 한 적 없었다. 그러니 미호의 뒤틀린 면은 내가 끄집어낸 것이기도 할 테다. 이제는, 어떻게 해야 하는지도 모르겠어.

나는 과연 세상에 빛을 더했나. 빛까지는 아니어도, 멍울진 어둠을 조금이라도 풀어 쉬게 하길 바랐는데. 그리했나?

대한민국의 자살률은 내내 세계 상위권이다. 자살하여 죽은 귀신 하나를 달래 보내는 데만도 몸이 시시각각 낡고 망가지는 게 느껴지는데, 그들의 숫자는 변하는 게 없어. 나는 바닷가에서 모래 한 알을 바다로 도로 던지는 짓을 하고 있던 게 아니었을까. 어차피 내가 아니었어도 누군가는 내 역할을 하지 않았을까. 모든 건 내 오만이 아니었을까. 내가 없었어도 달라지는 건 없었을 텐데. 그건 확실해.

어머니.

신부는 별처럼 많은 자신의 죄를 떠올리는 일을 멈추었다. 이미 충분했다. 죄는 모래알처럼 많고 많았다. 그럼에도 세상에서 받은 것들이 얼마나 많았나. 밤의 부드러운 공기와 별빛 한줄기와 바람까지도.

너무 죄를 많이 지었어. 신자들의 허리 굽힌 인사에 무심히 지나쳤던 것까지도 하나하나 셀 수 있었다.

암 말기라는 사실이 이제야 억지로 이해가 될 것

같았다. 괜찮아. 서른일곱이면 요절도 아니다. 좋은 날들도, 행복한 날들도 많았어. 나쁘지 않아.

옆으로 웅크리고 누운 신부는, 성가가 흘러나오는 휴대폰을 귀에 좀 더 가까이 대었다. 싸구려 하트 조명 아래로, 세상에 펼쳐진 신의 은혜를 노래하는 아이들의 목소리가 좁은 방 안에 퍼져 나갔다.

날이 밝자 정원은 게스트하우스에서 일찍 체크아웃했다. 주차장 쪽으로 걸어가는데 횡단보도 옆에 나란히 선 어린아이가 신부에게 손을 흔들었다. 세상은 모두 연결되어 있는 것, 처음 본 낯선 아이도 신부 자신의 삶을 살게 해주는 존재라는 것을 정원은 알았다. 신부는 아이를 향해 웃어주었다.

정원은 해외로 갈까 생각해보다 고개를 저었다. 신학생 시절, 그는 귀신을 보는 게 지긋지긋해 해외로 나가는 봉사는 하나도 빼먹지 않고 참여했다. 봉사지는 주로 동남아의 가톨릭 국가들이었다.

의도와는 반대로, 정원은 베트남에서 어린아이들을 껴안고 죽은 여자들을 셀 수 없이 보았다. 그녀들은 한 손에 죽은 아이를 안고 다른 한 손에는 아이 아버지가 남긴 종이쪽지를 들어 보이며 정원에게 다가왔다. 그녀들은 눈으로 말했다. 그는 날 사랑한다고 했어. 그가 연락이 없는 건 틀림없이 무슨 사정이 있어서일 거야. 당신은 그의 나라에서 온 사람이니까, 그가 남긴 편지를 읽을 수 있지?

그러나 종이쪽지에 적혀 있는 글은 그녀들이 원하는 내용이 아니었다.

정원은 그들과 말이 통하지도 않고, 달래줄 방법도 몰랐다. 말을 알아듣지 못하면서도 정원은 밤새도록 그녀들 곁에 앉아 흐느낌을 듣고 고개를 끄덕거렸다. 베트남의 성당을 둘러보는 단체 일정 대신 밤에는 혼자 깨서 고개를 주억거리고 낮엔 정신없이 자는 신학생을, 다른 일행들은 대놓고 피했다.

그렇게 정원은 베트남의 성당들을 돌아보지도 못하고 호텔에서 내내 앓다가 한국으로 돌아왔다. 베트남은 어디가 좋으냐는 신자들의 물음에 정원은 그저 웃음으로 대답을 대신했었다. 유럽이나 미국, 스위스는 어떨까. 풍경이 천국 같다던데. 하지만 비싸겠지. 정원이 고개를 저었다.

정원은 석 달에서 1년 정도 전국을 떠돌며 구경하기로 마음먹었다. 경치 좋은 산과 절도 보고 싶었다. 어느 조용한 곳에서 홀로 세상을 떠나는 것도 뭐, 나쁘지 않지 않을까. 말기 암의 고통은 듣고 보아서 익히 알고 있었다. 고통이 심하면 인격이 파괴될 수도 있고, 그 지경 속에서도 살겠다고 무슨 모습을 보일지 감히 짐작도 하기 어려웠고, 알고 싶지도 않았다.

사람이 만물의 영장이라는 말은 거짓이었다. 직접 눈으로 보지 않으면 믿지 못할 온갖 모습을 정원은 봐왔다. 정원은 사람이 살기 위해선 무엇을 하는지, 무엇을 할 수 있는지 알았다. 낳자마자 버렸던 딸을 찾아와 간이식을 해달라고 매달리는 알코올중독자 아버지는 평범한 축에 가까웠다. "신부님, 재가 내 딸이오. 그, 병자성사고 뭐고 재가 죽어간다니 그전에 나한테 간을 주라고 하십쇼. 난 좀 더 살아야 돼. 어차피 내가 낳아준 몸 아니오?" 번들대는 눈은 신부도 물러서게 만들었다. 정원은 그를 탓하지 않았다. 정원은 자신의 인격도 인내심도 믿지 않았다. 바닥에 몰려 살길이 보이는 것 같으면 그 자신이라고 달리 행동할까?

정원은 아무도 모르는 곳에서 홀로 죽고 싶었다. 마지막에는 어머니가 찾아와 원망의 말을 쏟아놓는다 하지 않았나. 나는 당신을 못 본 척 멀찍이 달아날 것이다. 아름다운 풍경에 당신의 눈을 돌리게 하곤 비겁하게. 정원이 피식대다가 쓴웃음을 눌렀다.

처음에는 교구에 휴양 신청을 할 생각이었으나, 마음을 바꾸었다. 그동안 사제라는 울타리 안에서 안온하게 지내지 않았나. 자살한 신부가 나왔다는 오명으로 교구에 흠집을 내고 싶지는 않았다. 마지막을 스스로 마무리하려면, 그의 평생의 울타리였던 사제복을 벗어야 생존 욕구도 잘라내기 쉬울 것 같았다.

정원은 검진 결과를 첨부해 교구에 환속 요청을 했다. 그리고 변호사를 찾아가 형제에게 재산을 증여하는 방법을 상담하고 관련 서류를 받아왔다.

정원은 백화점 쇼핑에서 돌아오며 미호에게 말했다.

"나 몇 달 동안 외국으로 놀러 간다."

"놀러 간다고?"

"응. 좀 쉬러 갈 거야."

"신부가 놀아도 돼?"

“안식년 제도가 있거든.”

“뭘 했다고 쉰다는 건데.”

“신은 사랑하는 자를 특별히 먼저 데려가신다는 말도 있잖아.”

“그게 그 뜻이야? 당신 신부 맞아?”

정원이 피식대며 증여계약서를 내밀자, 미호가 의심 어린 눈으로 바라보았다.

“이게 뭔데.”

“이 집, 내 이름으로 되어 있거든. 네 이름으로 바꾸려고.”

“왜?”

“장애인은 절세가 되더라고.”

미호가 계약서를 찢어버리자 정원이 말없이 찢어진 종이를 주웠다. 종이를 쓰레기통에 버리는 표정이 평소 그답지 않게 아무런 대거리가 없이 조용해서인지, 미호는 당황하는 얼굴이었다. 정원이 말했다.

“내가 버버리를 싫어해. 맨날 패턴이 똑같거든.”

신부가 가방을 열더니, 찢어진 서류와 동일한 서류를 꺼냈다.

“장애인은 절세가 되더라고.”

정원이 내미는 볼펜을 미호가 내던졌다.

"죽어버려."

정원이 피식피식 웃으면서 서류를 내밀었다.

"잘 생각해봐. 증여받으면 다 네 거야."

"무슨 꿍꿍이야."

"말 그대로야."

미호가 의심하는 표정으로 신부를 노려보았다. 정원은 미호와 입씨름할 기운이 없었다. 병명을 알고 나서 이름을 얻은 듯 격해진 통증을, 이젠 진통제 패치로 막는 판국이었다. 정원이 서류를 툭툭 두들겼다.

"야, 뭐든 네 마음대로 할 수 있다니까? 사인해서 나 줘."

그는 미호가 앉은 소파 옆에 서류를 놓아두고 요양원으로 돌아갔다.

며칠이 흘렀다. 네 개의 암 진단서를 첨부한 사제 환속 요청은 신속한 통과가 되지 않았다. 교구에서 환속 대신 휴양이 어떠냐는 연락이 오고, 동료 신부며 선배 신부가 잇달아 찾아오는 것을 정원은 치료를 핑계로 이리저리 피했다.

정원은 모든 방문을 거절하고 사제관의 책들을 정리했다. 대부분 노인복지에 관한 책들이라 후임으로 올 요양원 원장신부에게 남겨줄까 생각했지만, 괜히 부담이겠다는 생각도 들었다. 이미 다 읽은 책들이긴 했지만 딱히 업무에 도움이 되는 것 같지도 않고, 후임에게 쓸데없는 생색으로 비칠 것도 같았다.

정원은 책들을 인터넷 중고서점에 내다 팔려고 마음먹었다. 그런데 서점 판매창에 치매 노인 상담집이

나 일본의 개호보험 등의 제목을 넣을 때마다 아무도 사가려 하지 않는지 판매 불가로 조회되었다. 그는 가까운 도서관에 전화해 기증을 받는지 물어본 뒤 가능하다는 답을 듣고 책들을 모두 차에 실었다.

도서관 직원은 호스피스 병동에 관한 각종 원서 등을 무심하게 훑다가, 개중 끼어 있는 전집을 보고 손짓했다.

"이 책, 6권 완결인데 2권부터 6권까지만 있네요. 1권은 어딨죠?"

"1권은 누군가에게 빌려주고 못 받은 것 같습니다."

"규정상 시리즈는 전권 다 있어야 기증이 돼요. 도로 가져가세요."

직원은 이내 돌아서서 먼지떨이로 책장의 먼지를 털었다. 정원은 멍하니 서 있다가 도서관을 나와 대형서점의 이곳저곳을 돌며 이가 빠진 책을 채운 뒤, 서점의 무료회원으로 가입해 평생 5프로 할인받으라는 판매원의 권유를 거절하고 도서관으로 돌아왔다. 전권이 다 갖춰진 전집을 내밀자 도서관 직원은 마지못한 듯 책을 내려놓고 가라고 승낙했다. 신부는 꾸벅거리며, 아끼던 절판본들도 직원에게 모두 떠넘기고는 빈 차를 몰고 사제관으로 돌아왔다.

사제관 집무실의 책장은 모두 비어 있었다. 정원은 책들 대신 먼지만 소복이 남은 책장을 말없이 바라보았다. 새 원장이 오면 빈 책장이 늘어서 있는 것도 부담스럽겠지. 그는 후임이 오기 전 책장이며 모서리가 깨진 책상과 낡은 집기들도 치워야겠다고 생각하고 도와줄 사람을 부탁했다. 곧 인부들이 왔다. 인부들은 텅 비어가는 집무실을 가만히 쳐다보고 있는 신부가 영 껄끄러웠는지 집기들을 내가려다가 멈칫했다. 정원은 웃으면서 잘 부탁드린다고 말해주었다.

원장신부가 집무실과 사제관의 책을 들어 없애고 책장까지 치우는 걸 본 요양원 직원들이 수군수군하는 것을, 정원은 그제야 눈치챘다. 말해야겠다 생각하면서도 말하고 싶지 않았지만, 직원들이 눈치를 살피는 것도 불편했다. 월요일 회의 때 말하려 했는데.

정원은 퇴근 시간 전 직원들에게 간단한 전달 사항이 있으니 회의실에 모여달라고 말했다. 회의실에 사무실 직원들과 모여앉은 신부는 망설이다가 내뱉듯 말했다.

"저 이달까지만 하고 그만둡니다."

직원들이 술렁거리며 시선을 교환하고 정원을 보았다.

"왜요, 원장신부님?"

"아니 갑자기……."

"아. 안식년이라서요."

"안식년이요?"

"뭐 그렇게 됐습니다. 곧 교구에서 새 원장을 보내주실 겁니다."

정원은 암 말기니 뭐니 길게 말하고 싶지는 않았다. 자신에게나 중요한 문제 아닌가. 다른 사람들의 위로에 외려 화가 나거나 자제심을 잃을 것 같았다. 병든 몸과 함께 급히 떠나 혼자서 자신의 온갖 모습을 감당하고 싶었다. 아무래도 사제복 안에서는 감정의 기복을 보일 수도, 보여서도 안 되었다. 신부인 정원이 잘못을 하더라도 정원 개인으로 취급되지는 않을 터이니 더 조심해야 했다. 그냥 더 말을 하지 않는게 상책이었다. 자세히 묻고 싶은 표정이 역력한 직원들에게 정원은 목례를 하고 나오며 굳이 말을 덧붙이지 않았다.

문을 닫는 신부의 등 뒤로, 요양원 한쪽의 백년초들이 쓸쓸하게 살랑거렸다.

밤이 깊어가도록 정원은 잠을 이루지 못했다. 그래서 서성거리다가 요양원 밖으로 나가 산책이나 하고 올까 했다. 몸이 피로해야 잠이 오겠다 싶어 엘리베이터 대신 사제관 앞 계단으로 내려오는데, 문이 조금 열린 탕비실 한구석에 요양보호사들이 모여 앉아 있었다. 정원은 시계를 보았다. 교대 시간이구나. 따스한 믹스커피 냄새와 함께 그녀들이 소곤대는 소리가 들렸다.

"원장 평판 보고 들어왔더니 이게 뭐야. 원장 바뀌면 분위기 싹 바뀌는 거 아니야?"

"누가 이럴 줄 알았나."

"요 길 건너 요양원 어때? 공고 났던데."

"거기 원장이 지랄맞아. 원장 자식들을 요양보호사로 등록해놓고 초과수당까지 받아 간대. 직원들한테 들어온 간식까지 걷어가서 다 처먹는다나 봐. 공고가 괜히 계속 올라오겠어?"

"여기 다음 원장신부는 누가 오는데?"

"내가 교황이여? 어떻게 알아?"

정원이 쿡 웃자 요양보호사들이 놀라 내다보더니, 허겁지겁 일어났다. 옷매무새를 가다듬는 그녀들에게 고개를 숙여 보인 뒤 정원은 안부를 물으려는 요양보호사들을 피해 급히 엘리베이터를 탔다. 출근한 요양보호사들이 이제 막 내렸는지 엘리베이터에서 파스 냄새가 났다.

그는 자신이 있는 동안 직원휴게실을 개비해야겠다고 마음먹었다. 예산초과라고 교구에서 들고 일어나 전 원장의 새 소임지를 찾아볼 때쯤이면, 전 원장은 이미 엉뚱한 소임지로 달아나 있을 것이다. 아무도 쫓아오지 못할 곳으로. 정원이 키득거리다가 얼굴을 감쌌다. 몸을 감싸는 밤공기가 서럽게 달았다.

정원은 어디든 멀리 여행을 가야겠다고 마음먹었다. 그는 물품을 싹 들어내고, 얼마 안 되는 옷가지들과 속옷까지 말끔하게 내버렸다. 아끼던 성물들 또한 죽어 가져갈 수도 없으니 가톨릭 법대로 곱게 부수어 버려야 했다. 신자들에게 선물 받았던 성물을 잘게 부숴 고운 천 주머니에 넣는 정원을 본 미호가 의아한 표정으로 다가앉았다.

"왜 그래?"

"뭐?"

"신앙을 버리기라도 한 거야? 백수 되려고?"

"응."

"무슨 말이야?"

"나 환속 요청했다."

"환속?"

"이제 신부 그만둔단 말이야."

"갑자기 무슨 말이야? 왜?"

"유흥업소 여자랑 사귀었는데 돈 많은 여자더라고. 기둥서방 노릇이라도 하려니 사제복 벗고 오라길래."

미호가 기가 막힌다는 표정을 지었다.

"진짜야?"

"넌 사람 말을 못 믿냐? 앞으로는 나 혼자 잘 먹고 잘 살 거니까 나한테 관심 갖지 마. 너 스무 살 되면 대학 보내고 내 마음대로 살려고 했거든. 그동안 아주 지긋지긋했다."

미호가 얼굴이 파래져서 제 방으로 들어가자마자, 정원은 허겁지겁 진통제를 꺼내 삼켰다. 어차피 아이가 알아서 달라질 것도 없었다.

정원은 미호가 식탁 위에 던져둔 그녀의 데뷔 쇼케이스 초대장을 눈여겨보았다. 이게 서울에서의 마지막 스케줄일 수 있었다. 그는 시간에 맞추어 초대장에 있던 장소로 향했다. 미호를 스타로 만들어주겠다던 기획사 대표의 말은 거짓이 아니었는지, 꽤 알려진 공연장에서 진행된 미호의 쇼케이스 무대는 방송만큼이나 화려했다. 평소에 정원과 말다툼을 하던 날선 표정과 달리, 노래하는 미호의 눈빛은 크림이 녹아 흐르듯 부드러웠다.

정원은 처음 보는 미호의 밝은 얼굴에 놀랐다. 저 애가 저런 표정이 있었나. 내가 저 애한테 나쁜 면을 끌어내고 있었는지도 모르지. 뭐, 이제 그럴 날도 없지만. 정원은 씁쓸히 웃으며, 노래를 끝낸 미호가 팬들에게서 꽃다발을 받는 사이 공연장을 나왔다. 관객석은 어두워 미호가 정원을 알아볼 리는 없었다. 아마 내가 안 온 것으로 알겠지. 그게 나을 수도 있을 거야. 마지막으로 기억하는 미호의 얼굴이 웃는 얼굴이라 다행이다. 잘 지내겠지.

관람객용 복도를 걸어 나오던 정원은 머리를 짚었다. 긴 복도가 일렁이는 것 같았다. 촘촘히 조명이 박힌 높은 천장이 빙글빙글 돌았다. 붉은 천으로 마감한 바닥이 정원의 눈앞으로 다가왔다.

"저기, 괜찮으세요?"

"여기요, 사람이 쓰러졌어요!"

누군가의 고함 소리를 들으며 정원은 정신을 잃었다.

정원은 가물가물한 의식 속에서 의사와 미호가 나누는 대화를 들었다.

"환자분께서 병명을 알고 계시죠?"

"병명이라뇨?"

"진통제 패치를 붙이셨는데, 지금 병명을 본인한테는 숨기고 있는 건가요?"

"무슨 말씀인지 모르겠는데…… 오빠가…… 무슨 병이 있다는 거예요?"

"일단 오빠분께……."

의사가 나가면서 뭐라고 하는지 잘 들리지 않았다. 정원은 부스스 몸을 일으켰다. 미호가 깨어난 정원을 보았다.

"어디 아픈 거야?"

"뭐가."

"이건 뭔데."

미호가 내민 진통제 봉지를 본 정원이 아차 했다. 두둑하게 들고 다녀야 안심이 되어서 몽땅 모아 가지고 다닌 진통제를 미호가 전부 들어 보였다.

"나 두통 있어. 알잖아."

"두통인데 진통제를 종류별로 가지고 다녀?"

"내가 워낙 섬세하고 연약하며 델리케이트한 소울을 지녔거든."

"그거 마약성 진통제라 의사 처방 없이 받을 수 없는 거래."

"훔쳤다, 왜?"

일어서려는 정원을 미호가 도로 잡았다.

"종합검진 예약했어. 받고 가."

"쓸데없이…… 너 돈 많으냐? 아니 그거 다 내 돈 아냐?"

"당신 몸인데 당신 돈 쓰면 안 돼?"

정원은 머리도 아프고 온몸도 아팠다. 몸 상태도 나쁜데 미호와 입씨름할 힘도 없었다.

"내 몸은 내가 알아. 검사 필요 없다."

"당신 카드로 결제도 끝냈어."

"아 씨. 너 왜 이렇게 멋대론데. 당장 취소해. 나 죽으면 돈이 어디서 계속 나올 것 같아?"

미호의 놀란 표정을 보고 정원은 말실수했다는 걸 깨달았다.

"죽는다니?"

정원이 아무 말이 없자, 미호가 말했다.

"무슨 말이야? 무슨 병 걸렸어?"

"네가 무슨 상관인데."

정원은 일어나려다 머리가 핑 돌아 다시 쓰러졌다.

"오늘 오후에 종합검진 받을 거야. 지금부턴 물만 마셔야 해."

"쓸데없는 짓 좀 하지 마. 그거 카드 취소 안 되냐? 왜 돈을 써."

"무슨 병으로 진단받았는데."

"알 거 없다."

"검진받고 가."

"필요 없다니까."

정원이 몸을 일으켜 옷을 입으려다 휘청했다.

"나 당신이 약 처방받은 병원에 전화해서 병명이

뭔지 물어볼 거야."

"진료받은 당사자 아니면 진료기록 공개 안 해. 안 됐네?"

"성병이라도 걸렸어? 괜찮아, 뭔데 그래."

"들켰네."

"정말 성병이야?"

"그래. 소돔과 고모라는 어린이집으로 보일 정도로 성매매를 죽어라 했더니 이렇게 됐다. 내 이미지를 지켜야 하니까 검사 취소해."

"난 당신 이미지가 어찌 되든지 상관없거든."

일어서려던 정원이 주저앉았다. 통증이 몸을 갈가리 훑고 지나갔다. 정원이 허겁지겁 약병을 열려다 떨어뜨렸다.

미호가 주워 건네는 약병을 신부가 다급하게 열어 약을 삼켰다. 덜덜 떠는 정원을 보던 미호가 말했다.

"검사받아. 성병이든 뭐든 치료를 해야 할 거 아냐."

"전국적인 내 네임밸류에 문제가 생긴다고."

힘들게 물을 마신 후 겉옷을 집어 드는 정원에게 미호가 말했다.

"지금 제대로 걷지도 못할 정도라 수액이라도 맞

는 게 좋겠대. 일단 그거 맞고 가."

생각해보니 또 길바닥에서 쓰러져 머리라도 깨지면 곤란했다. 정원은 미호가 권하는 대로 링거 주사를 꽂고 침대에 누웠다. 링거액이 다 떨어지는 대로 빨리 나가야지. 몸이 가라앉는 듯 아늑한 침대에서 정원은 곧 잠이 들었다. 깨어 일어나려 하면 미호가 무언가를 먹였다.

"야. 맛이 쓰다. 또 수면유도제 넣은 거 아니야?"

"맞아. 당신 좀 자야 되거든."

"영원히? 그건 좀 싫은데."

신부가 실없이 웃었지만 미호는 웃지 않았다. 정원은 미호가 주는 것들을 다 받아먹었다. 잠든 중간중간, 의사와 미호가 이야기를 나누고 무언가를 검사하는 듯도 했지만, 신부는 잘 잤다. 새벽미사도 회의도 병자성사도 없는 잠은 다디달았다.

잠에서 깬 정원은 사제관의 낡은 누런 천장이 아닌 산뜻한 흰색 천장에 놀랐다가, 자신이 병원에 있다는 걸 깨달았다. 그리고 곁을 지키고 선 미호에게 다시 한번 놀랐다.

"야. 오늘 며칠이지?"

"당신, 사흘 동안 잤어."

"뭐?"

정원은 휴대폰에서 날짜를 확인하고 제 눈을 믿지 못했다. 사흘이나 잠들었다는 사실에 깜짝 놀랐다. 아무리 수면유도제를 먹어도 그렇지, 사람이 사흘 동안 잠만 자다니. 화장실을 갔는지 안 갔는지도 어렴풋했다. 요양원장이 된 후 제대로 쉰 기억이 없었으므로, 사흘 내내 잠만 잤다는 사실이 믿기지가 않았다.

정원이 또 놀란 것은 자신이 2인실에서 잤다는 사실이었다. 2인실은 건강보험 적용이 되지 않았다. 옆자리는 내내 비어 있어 1인실처럼 쓰기까지 하지 않았나. 이러면 돈이 더 추가되나? 잠은 사제관에서도 잘 수 있는 건데, 세상에 대학병원 2인실을 잠자리로 쓰다니.

"병원비는 얼마나 나왔냐? 어휴. 그 돈 어떡해."

본래 사제의 병원비는 가톨릭 교구에서 부담했다. 그러나 환속을 요청해놓고 교구에 병원비를 청구할 수는 없는 노릇이었다. 정원은 한숨을 쉬었다.

"점심시간 지나면 또 밥값 추가되는 거 아니야? 빨리 원무과에 가서 퇴원한다고 해."

침대에서 몸을 일으키는 정원을 미호가 잡았다.

"당신, 암이 네 개래."

정원이 멈칫하다가, 진통제를 집어 들어 옷 여기저기 쑤셔 넣었다.

"……알고 있었어?"

"내가 검사 필요 없다고 했잖아."

정원이 옷걸이에서 겉옷을 내렸다. 미호가 말했다.

"항암치료 받아야 하지 않아?"

"야, 너 그거 돈 얼마나 드는지 모르지? 어어 하다가 집 날려먹는다. 길에 나앉으려고 그래? 휠체어 팔아봐야 돈도 안 돼."

정원은 미호가 화내며 나갈 줄 알았으나, 미호는 차분히 신부를 보았다.

"항암 예약해뒀어."

"야, 넌 누가 키워서 모든 걸 네 멋대로 해? 내 동의도 없이."

"법적으론 이제 내가 당신 보호자야. 당신 치료에는 내 권한이 있다는 걸 잊었어?"

미호가 비죽한 미소를 지었다.

"안됐지만 내가 듣기론, 치료에는 당사자의 동의와 협력이 필요하다던데? 그리고 난 참을성이라곤 없어서 항암 못 받아."

"일주일만 협력해."

미호가 아파트 증여계약서를 내밀어 보였다.

"당신이 항암치료 받으면 여기 사인할게."

"너 아직까지 사인 안 했어?"

"항암 받으면 한다니까."

"지금 해. 내가 돈독 오른 거 알지? 계약서 사인하

면 내가 내고 올게. 장애인 절세가 얼마나 중요한데. 네가 걸어서 계약서 내러 가면 구청에서 그다지 좋아하지 않을 거야."

미호가 정원을 가만히 보다가 말했다.

"나 다큐 출연하기로 했어."

"다큐?"

"나 연예인이잖아. 말이 다큐지 예능에 가깝다지만. 다큐 제목은 '소녀 아이돌 인간극장'이래."

"방송 이름이 뭐 그따위냐."

"당신도 나올 거야."

"뭐?"

"나 아직 무명이야. 암이 겹친 '오빠'를 간호하는 신인 여자 아이돌이라는 스토리 덕으로 다큐에 출연하게 된 거라고. 이미지를 만들어야 인지도도 인기도 생길 거 아니야."

"그래?"

아. 그래서 항암치료를 하라고 했구나. 하긴 얘는 날 싫어하니까. 정원은 고개를 끄덕거렸다.

정원은 모든 종류의 방송과 방송 출연을 싫어했다. 정원이 집전하는 미사를 본 종교방송 등에서 간간이

섭외가 들어오기도 했지만, 정원은 짜증을 삭이며 피해 다녔다. 자살자들을 보는 자신이 널리 알려져서 좋을 것도 없었다. 그러나 이제 자신은 곧 죽지 않나. 방송 출연은 미호에게 힘이 될 것이었다. 정원은 아이의 앞날을 위해서라면 예능이건 뭐건 얼마든지 협조해줄 수 있었다.

"그래, 뭐. 방송 좋지. 나는 TV에 나오는 게 오랜 꿈이었거든."

"그럼 하는 거다?"

미호의 말에 정원이 고개를 끄덕거렸다.

"그럼 일단 내 머리칼을 밀고 얼굴에 창백한 화장을 해서 말기 암 환자처럼 보여야 하지 않을까?"

실제 암 환자이면서도 저딴 소리를 하는 정원이 미호는 믿기지 않는다는 표정이었다.

"당신 방송 체질이야? 원한다면 카메라용 메이크업을 해. 아예 CG 처리도 해달라고 하지 그래."

"요즘 시청자들 수준이 높아서 너무 작정하고 꾸미면 곤란해."

정원은 자살자의 유가족들이 TV에 나오는 자신을 알아볼 수도 있다고 생각했다. 수상한 사이비나 무당이 아닌, 가톨릭 신부란 걸 알게 되어 연락이라도 오면 여러모로 골치가 아플 것이다. 지금 정원은 그들을 위무해줄 여력도 의지도 없었다. 항암치료를 받아도 외양이 크게 변함없는 사람들이 있겠지만 신부는 아마 자신이 그런 쪽은 아니지 싶었다. 겉모습이 변하면 유가족들도 나를 몰라볼 가능성이 높지 않을까. 그리고 내 망가진 모습이 화사한 아이와 대비되어야 시청률에도 도움이 될 테고. 빨리 환속 처리가 마무리되어야 할 텐데.

신부는 노트북으로 재미난 동영상을 검색해보면서 건성으로 말을 이었다.

"촬영은 얼마나 하지, 하루?"

"아니. 일주일."

"뭐? 하루 이틀 내로 몰아서 촬영하면 안 되냐?"

"왜?"

"야, 여기 입원비 비싸. 촬영하려면 1인실이 편할 텐데, 1인실은 하루에 사십만 원도 넘어."

"지금 입원비 걱정하는 거야?"

미호는 놀란 얼굴이었다. 재가 왜 저러나. 내가 죽으면 돈 나올 구석도 없을 테고, 저 애야 아직 무명이라 돈이 들어올 것도 아니지 않나. 아낄 수 있으면 아껴야지.

"나 병원 밥 싫어해. 미식가인 거 몰랐냐?"

정원이 말했다.

정원은 미호와 함께 다큐 제작진들을 만나 회의를 했다. 그는 다큐에도 세세한 대본과 동작의 지시가 있다는 데 놀랐다. 그리고 암 환자에게도 방송을 위한 화장을 한다는 데 대해 또 한 번 놀랐다. 막내 작가가 정원에게 카메라 테스트를 하면서 말했다.

"너무 건강해 보이세요. 이러면 핍진한 맛이 없는데."

뭔 소리야? 신부는 대답 대신 자신의 치료 계획서와 대본을 번갈아 들여다보았다. 미팅을 끝낸 제작진이 병실에서 나가자, 정원이 미호에게 말했다.

"야. 이 대본 일본 영화 〈러브레터〉 풍으로 좀 고치자. 나는 죽어서 이름 정도만 등장하고, 예쁘게 화장한 네가 하루 종일 파스텔톤으로 나오는 거야."

"왜 그래야 되는데?"

"제작진들이 준 대본 보니까 내 출연분이 너무 많

고 대사도 너무 많아. 거기다 내가 헌신적이고 신성한 완벽한 신부쯤으로 나와 있더라고. 죽어서 아카데미 진출할 것도 아니고 뭘 그리 요란하게 포장을 해."

"그 사람들, 당신 있던 성당이며 요양원까지 가서 당신에 대한 이야기를 들었나 봐. 당신이 진짜 좋은 신부라고 믿고 있던데."

"역시 내 이중생활이 성공했군. 폭죽 어딨어?"

미호가 싸늘하게 쏘아보았다. 쟤는 내가 이제 죽는대도 다르게 대하지도 않네. 그게 묘하게 기분이 좋았다. 정원이 웃으면서 말했다.

"내가 죽고 나서 남는 영상이 문제야. 검소하고 희생적인 신부 어쩌고로 요란한 방송이 나가서 시청자들이 날 신부의 전형쯤으로 인식하는 우스운 사례가 되면, 그게 다른 신부들 옥죄는 거야. 난 남들과 다른 방식의 사치를 해온 거지, 검소했던 것도 아니고."

"룸살롱 단골이기라도 했어?"

"어, 들켰네? 안아달라는 여자들을 쉬지 않고 껴안고 다녔지."

미호의 눈이 커졌다. 쟤가 놀라기도 하네.

"진짜야?"

"그게 중요하냐?"

"진짜냐고 했잖아."

왜 저렇게 날을 세운 얼굴이람. 정원은 피곤해서 한숨을 쉬었다.

"진짜고 뭐고 항암 며칠만 들어가면 내 모습이 지금과는 다를 거야. 이 대사 많은 대본 집어치우고 그때 찍어. 나와 대조되게 너나 예쁘게 나오면 돼. 나 검소하고 희생적인 신부 역 안 한다?"

항암 첫날과 둘째 날까지 농을 하던 정원은 항암이 거듭될수록 마르고 말이 없어져갔다.

의사가 미호에게 조심스럽게 말했다.

"가족분께서 선택을 하셔야 합니다. 환자분의 최저 혈압이 70에서 180까지 널뜁니다. 체온도 38도에서 32도로 오르내리는데 원인을 못 찾았습니다. 이런 말씀 드리기 어렵지만 모든 수치가 이해할 수 없어요. 비유하자면 온몸에 녹이 슨 상태라고 보시면 되고, 평소에 각종 통증이 심하셨을 텐데 어떻게 견디셨는지 모르겠습니다. 이대로는 항암 더 들어가면 안 됩니다. 몸이 받아내질 못하세요. 환자분 고통도 극심

할 테고요."

미호가 진료실 앞 창문 밖에 시선을 두다가 말했다.

"항암을 하면 더 살 수 있잖아요."

"그게…… 그렇다고 해도 환자분의 삶의 질도 생각하셔야죠. 연예인이신 건 알지만 방송 촬영이 그리 중요합니까."

미호가 샐쭉 웃었다.

"그렇죠. 제가 오빠의 항암을 원하는 건 방송 때문이에요."

의사가 어쩐지 한기가 든다는 듯 자신의 팔을 쓰다듬었다.

정원은 항암치료가 거듭될수록 몸이 나빠졌다. 숱이 많던 머리는 자고 나면 베개에 한 줌씩 묻어나고 피부는 윤기 없이 껍질이 일어났다. 음식을 먹으면 토해서 아무것도 먹지 않으려 들었다. 통증이 심할 때면 마이크의 모양새까지 거슬렸다. 정원은 미호를 볼 때마다 촬영이 언제 끝날지 물었다.

"이제 분량 다 찬 거지?"

"촬영 끝내는 데 일주일 정도는 더 걸린대. 촬영하

다 당신 죽으면 그 전에 끝나는 거고."

정원이 진통제를 먹으며 말했다.

"엔딩 크레딧 '땡스 투'에 고故 자가 붙겠군."

진통제를 가득 먹고 나면 잠깐은 기분이 나아졌다. 표정이 편안해진 정원에게 미호가 말했다.

"화나지 않아?"

"왜?"

"당신 죽는 걸 내 이미지용으로 써먹겠다는데."

"자본주의 사회에서 이용 아닌 게 어딨어. 써먹을 수 있는 건 다 써먹어서 돈을 박박 긁어모아야지."

"신부 맞아? 당신 진짜 품위 없어."

"요즘은 돈을 품위라고 부르더라고. 내가 품위 모으느라 어찌나 힘들던지."

정원은 방송 작가가 고심해서 고쳐온 대본을 휘릭 휘릭 넘겼다.

"'주님께서 주신 몫을 감당하려 합니다.' 뭐래. 혼자 이런 말을 하고 있으면 내가 멋있어 보이기보단 미친놈으로 보일 것 같은데? 그리고 암 환자가 왜 수단을 입고 있어야 하는데? 그거 단추가 많아서 입고 벗기 힘들어. 여름엔 덥고 겨울엔 춥고."

"닥치고 입고 있어. 사제복 빼면 당신이 뭐가 있는데?"

"그건 그렇지만 나 환속 요청했잖아. 절차 통과되면 신부도 아닌데 다른 사람들을 호도하면 안 되지."

정원은 교구에 피해를 주고 싶지 않았다. 식당에서 드라마를 보다 드라마 속 사제의 모습에 황당해 밥 먹는 것도 잊은 일이 많았던 정원은, 환속할 자신이 요란히 포장되어 다른 신부들에게 부담을 주어서는 안 될 것 같았다. 어차피 '죽어가는 오빠를 헌신적으로 간호하는 무명 아이돌'의 소도구 정도 아닌가.

정원은 제작진과 협상해 사제복을 입어야 하는 장면을 다 뺐고, 개인 사정으로 환속 요청을 했다는 자막도 꼭 넣어달라고 했다. 대신 그가 각종 치료를 받는 동안도 최대한 카메라를 치우지 않기로 했다. 어차피 구경거리면 제대로 내주는 게 맞지 않나. 정원은 씁쓸하게 생각했다.

정원은 병실에 세팅되는 촬영 장비를 신기하게 바라보고는, 카메라에 담기는 자신의 모습을 체크하는 스탭들도 신기하게 바라보았다. 가장 신기한 건 어떻게 해야 미호의 이미지에 도움이 될까 계산하고 있는 자신이었지만 말이다. 죽음까지 알뜰하게 써먹는 꼴이, 샤일록*이 저울을 내던질 레벨이 아닐까. 베드로보다는 은전 세고 있는 유다에 가까운 꼴인 것 같은데. 정원은 쓰게 웃었다.

* 셰익스피어의 희극 「베니스의 상인」에 등장하는 유대인 고리대금업자.

다큐의 첫 방송은 시청률이 낮았다. 정원은 방송을 볼 생각은 없었지만, 우연히 튼 TV에서 항암치료 중에 머리를 미는 자신의 모습이 나오는 것을 보았다. 저런 몰골이었나. 그래도 애가 먹고살 이벤트로 쓸 수 있잖아. 시청률이 낮다 해도 조금은 애한테 도움이 되겠지 뭐.

두 번째 방송은 시청률이 폭발적이었다. 미호는 통증으로 혼절하는 신부에게 바짝 다가드는 카메라를 향해 목발을 던져 부숴다. 그 장면은 편집이 되는 대신 하이라이트가 되었고, 다큐는 검색어 1위를 휩쓸며 성공적으로 안착했다.

미호는 방송계에서 일약 섭외 1순위가 되었다. 고통스러워하는 신부를 볼 때는 무표정하다가, 카메라를 피해 눈물을 닦는 미호의 얼굴이 거의 모든 TV 프로그램과 유튜브에 등장할 정도였다. 미호의 인기는 이십 대 재벌 3세 영민이 공연장에 찾아와 청혼하는 해프닝까지 빚게 했다.

정원은 미호에게 결혼을 종용했다. 아이와 나이 차도 얼마 나지 않는 잘생긴 재벌 3세라니. 그림에서 튀어나온 듯한 짝이 아닌가. 그러나 미호는 영민의 프러포즈는 재벌의 객기라며 흘려 넘겨버렸다. 미호의 결혼이 그 아이를 위한 것인지 자신이 죽기 전에 미호가 안정되는 것을 보고 싶은 이기심을 채우기 위한 것인지 헷갈렸던 정원은, 미호가 돌려보내는 꽃다발들을 내버려 두었다.

정원이 고대하던 〈소녀 아이돌 인간극장〉의 촬영 종료일이 왔다. 제작진들은 정원에게서 정규방송의 응원 멘트를 딴 뒤, 정원의 침대를 둘러싸고 감사의 박수까지 쳐주었다. 마지막 마이크 스탠드까지 병실에서 빠지자마자 정원은 미호를 돌아보았다.

"야, 퇴원해야겠다."

"퇴원?"

"그래. 어휴 30분짜리 다섯 개면 길어봐야 하루 이

틀 찍는 줄 알았더니 한 달 내내 촬영하는 게 어딨어. 영화 찍냐? 죽는 줄 알았네. 퇴원하게 원무과에 서류 좀 접수해줘."

"당신, 집에 짐이 하나도 없던데. 요양원 사제관도 싹 비웠다며. 퇴원해서 뭘 하려고?"

"기둥서방."

정원이 피식거렸다. 항암으로 하얗게 갈라진 입술에서 피가 났다. 말없이 정원을 보던 미호가 죽을 꺼냈다. 정원이 고개를 절레절레 저으며 말했다.

"그 죽 진짜 맛없더라. 네가 먹여주는 거 삼키면서 너무 맛없어 눈물이 줄줄 흐르더라고. 스탭들은 왜 훌쩍이던지 원. 너 일부러 제일 맛없는 걸로 골라온 거지?"

"정말 쉴 새 없이 쓸데없는 말만 하는구나."

미호가 죽을 떠서 정원에게 내밀었다.

"야, 왜 이래. 이제 이럴 필요 없어. 카메라 다 나갔잖아."

미호가 정원의 입술에 죽 스푼을 갖다 대어 정원은 어쩔 수 없이 받아먹었다. "으. 진짜 맛없어."

소녀가 얼굴을 찌푸리며 물을 마시는 정원을 보다

가 말했다.

"3차 항암 받으려면 잘 먹어야 돼."

"항암은 무슨. 촬영 다 끝났는데."

"내일부터 주사가 아니라 약으로 바꿀 거야. 주사보다 약이 세다니까 각오해둬."

"뭐라고? 방송팀 철수했잖아. 나 퇴원해야지."

"당신 암이 여러 개에 각종 수치도 이해 불가라 항암제에 무슨 부작용이 더 나올지 모른대. 앞으론 토하더라도 억지로 먹일 테니까 그렇게 알아."

"야, 돌았냐?"

미호가 죽을 다시 떠서 내밀자, 정원이 숟가락을 쳐냈다. 숟가락이 챙강, 떨어지는 것을 미호가 바라보았다.

"촬영 다 끝났다며 너 왜 이래? 지금은 항암이 건강보험 적용이 되니까 뭘 모르나 본데, 갈수록 얼마나 많은 돈이 들어가는지 알아? 나 병자성사 여기저기 다녀봐서 아는데, 건강보험 적용 안 되는 약이 계속 늘어나. 나 실비보험 하나도 안 든 거 알지? 나중에 땅 치고 후회하지 말고 좋은 말로 할 때 원무과에 퇴원 접수하고 와."

"끝까지 치료받아. 암세포 다 죽일 때까지 할 거니까."

"이거 몰카야? 나 퇴원할 거야."

정원이 일어서려다 비틀거렸다. 머리가 핑 돌았다. 정원은 자신을 도로 눕히는 미호에게 놀라 바라보았다. 미호가 비죽한 웃음을 물었다.

"퇴원하고 싶으면 직접 걸어가서 원무과에 접수하든가."

"아 진짜."

정원은 일어나려다 주저앉았다. 거듭된 항암으로 체중이 빠진 몸에 힘이 들어가지 않았다.

정원은 퇴원부터 하겠다며 음식을 거부했다. 머리맡에 놓인 암 환자용 유동식을 미호가 없는 사이 짜증스럽게 밀어놓으려던 정원은 묽은 죽을 환자복 소매에 엎질렀다. 그는 손에 힘이 없어 젖은 환자복 상의를 겨우 벗었다. 인기척을 느꼈으나 회진 시간이라 의사려니 하고 그대로 여분의 환자복 상의를 집어 들었다.

"당신, 옆구리 흉터 말야."

미호의 목소리였다. 놀란 정원이 제 가슴 아래께를

보자, 꿰맨 후 돌보지 않은 긴 흉이 선명했다. 몇 년 전 부러진 갈비뼈가 폐에 박혀 수술을 한 뒤, 자신 외엔 볼 사람이 없어 별 신경을 쓰지 않았던 것이다.

병실 앞에 선 미호가 간신히 입을 닫은 수술 자국에서 시선을 떼지 못하다 말했다.

"엉망이구나."

"갈비뼈가 없어지면 여자들이 생긴다는 말을 주워들은 적 있거든. 음, 슬픈 얘길 더 해야 하는 건 아니지?"

피식대며 환자복 단추를 여미는 데 집중하는 정원을, 미호가 가만히 바라보았다. 시선을 눈치채지 못한 그는 겨우 옷을 다 입고 침대에 누웠다. 정원이 통증을 누르며 말했다.

"오늘은 원무과 퇴근했을 거고, 내일 입원비 정산하고 퇴원 접수해. 내가 병원 식비 떼어먹고 튀는 사제로 뉴스에 나와야겠냐?"

"오늘도 약 말고 먹은 게 없다며."

"나 미식가라고 했잖아."

미호가 정원이 밀어놓은, 손댄 흔적이 없는 식판을 보더니 말없이 암 환자용 캔수프를 내밀었다. 정원이 고개를 저었다.

"내가 요청한 에피타이저가 아닌데?"

피식거리는 정원의 입술이 하얗게 말라 있었다.

"정말 아무것도 안 먹을 거야?"

"됐으니까 쓸데없는 짓 말고 집에 가."

정원이 돌아누우려 했다. 미호가 그의 핏줄이 드러난 목과 혈관을 찾지 못해 여기저기 찌른 주삿바늘 자국이 가득한 손목을 보다가, 캔수프를 떴다. 정원은 미호가 수프를 머금고는 자신에게 입맞춤으로 먹이자 경악해서 엉겁결에 삼켰다.

정원은 미호를 밀쳐내지도 못할 정도로 약해진 자신의 몸에 놀랐다. 정원이 쿨럭거리며 말했다.

"돌았냐? 미쳤어?"

"싫어?"

"너 검사실 가서 머리 들이밀고 씨티 찍어봐라."

미호가 대답 대신 그릇에 부은 수프를 숟가락으로 떴다. 미호가 천천히 수프를 머금자 정원이 허겁지겁 말했다.

"내가 먹을게. 또라이 짓은 딴 데 가서 하고, 내가 먹을 테니 관둬."

정원은 음식을 먹으면 거의 다 게워냈고, 게워내는 것도 힘들었다. 그런 모습을 보고도 음식을 먹이려는 미호가 이해가 가지 않았다. 내가 토하는 꼴을 실컷 봤을 텐데 애가 돌았나 봐. 누가 키웠길래 저렇게 미친 짓을 하는 거야.

"너는 간병 스트레스 표출을 괴상하게도 한다."

정원이 한탄하며 수저를 쥐려다 떨어뜨리자, 미호가 새 숟가락을 꺼내 수프를 떠서 내밀었다.

정원은 미호가 내미는 대로 수프를 받아 삼켰다. 정원의 야윈 목선이 움직이며, 영양이 짙은 액체가 목 아래로 내려가는 것이 보였다. 미호가 손을 내밀어 정원의 목을 만졌다. 흰 손가락이 목에 가만히 머물러, 따스한 체온과 규칙적으로 진동하는 맥박을 느끼려는 듯 부드럽게 쓸었다. 미호가 옅게 웃었다. 얘가 왜 이래. 정원이 말했다.

"야 목을 조르는 방법은 그게 아니야."

"좀 닥쳐."

"그럼 사전연명의료의향서라도 쓰게 좀 가져와."

"그게 뭔데."

"됐어. 간호사 선생님한테 부탁할 테니까."

사전연명의료의향서는 '회복 불가능한 상태일 때 연명치료를 받지 않는다'는 의사를 전하는 서류였다.

다음 날, 미호는 정원이 작성한 서류를 간호사에게서 받아 세부 항목을 확인했다. 심폐소생술, 인공호흡기 착용 등의 치료를 거부한다는 항목에 모두 체크되어 있었다. 미호는 사전연명의료의향서를 찢어서 내버리고는, 회진을 도는 의사에게 정원의 상태를 물었다.

미호와 마주 선 의사는 심각한 얼굴이었다.

"아직 젊은 나이신데 믿기지 않을 정도로 장기가 다 상했습니다. 항암도 별 진척이 없고요. 보호자분을 위해서도, 환자분을 위해서도 호스피스 병동으로 옮기시는 게 좋을 것 같습니다."

"호스피스 병동이 뭐죠?"

"치료보다는 통증을 관리한다는 차원으로 생각하시면 되는데, 환자의 임종을 준비하기에도……."

"아뇨."

미호가 고개를 흔들었다.

"안 옮겨요. 항암치료가 안 되면 다른 뭐라도 없나요?"

의사는 망설이는 얼굴이다가, 미호에게 말했다.

"환자분을 임상실험에 넣어드릴 수는 있는데, 이게 말 그대로 임상입니다. 새로운 치료 방법으로 암세포를 죽일지 모르지만 시신경을 망가뜨리고 섬망이나 환청, 환각이 심할 수 있어요. 조금 더 사실 수는 있지만 권하기는 어렵고. 하지만 저도 신부님을 이대로 보내는 건 아니라고 생각합니다."

의사가 말을 이었다.

"신부님께서 저희 가족을 살려주셨습니다. 뭐, 제 개인사를 늘어놓을 것까지는 없고 아내가 집 근처 절에 너무 빠지긴 했는데, 제겐 은인이세요. 그분께 신세 진 직원들이 저 말고도 있고요."

"임상, 들어갈게요."

"근데 이거 단점이, 환자분의 고통이 극심할 겁니다."

"그건 상관없어요."

미호가 더 이상 듣지 않겠다는 듯 돌아섰다.

정원은 임상치료에 대한 의사의 설명에 바로 참여를 거절했다.

"야, 임상치료 하면 부작용이 있다며. 실명에 섬망에 환청환시에 기억장애가 온다며. 내가 잃을 판돈이 좀 있어 보이는데?"

"성공하면 더 살 수 있어."

"물론 내 생존욕이야 어디 내놔도 꿀리지 않는다만 난 이 판에 안 낄래. 난 경품도 늘 꽝이더라고. 퇴원할 거야."

"퇴원해서 뭘 할 건데?"

"내가 퇴원해서 뭘 하든 네가 뭔 상관이냐? 너, 나한테 왜 그래?"

미호가 말이 없자 정원이 욱해서 말했다.

"난 의학발전에 이바지할 생각 없거든? 내가 왜 성공확률도 희박한 임상을 받아야 하는데?"

"왜냐고? 나에게 성공확률이 희박한 수술 이력이 생기도록 강요한 사람이 누구야?"

정원은 할 말을 잃었다.

아이의 실패한 수술동의서들을 누가 사인해왔었나. 대학병원에 갑자기 자리가 나든 병원이 지방에 있든, 수술이 성공할 수도 있다는 말을 들으면 허겁지겁 아이를 들이밀었지. 아이에게 전신마취라든가 수술 부작용을 설명하거나 동의를 구한 기억도 없었다. 이번에는 나을 거라는 망집이 뒤섞인 말만 해댔을 뿐. 정원은 쓴웃음이 났다.

정원은 미호가 내미는 임상실험 참가요청서를 받아 들었다. 요양원장 출신의 환자는 친필사인에 익숙해, 빈 사인란을 잘 찾아내 유려하게 제 이름을 썼다.

그러나 그는 마지막에 알게 된 부작용 이야기를 듣고 어이없어 미호에게 말했다.

"야, 다른 건 그렇다 쳐도 급성 알츠하이머가 부작용이라니 이건 좀 아닌 것 같은데? 나 알츠하이머 환자들이랑 같이 살았던 거 알지? 그런데 나한테 알츠

하이머를 감수하라고?"

미호가 처방받은 신약들을 꺼내며 말했다.

"복수하려고. 당신이 가장 힘들 때 보란 듯이 내버릴 거거든."

아. 그렇군. 그거 완벽한 복수인데?

정원은 허덕거리며 몸을 일으켜서 미호가 건네주는 약을 받아먹었다.

연명을 위한 임상치료는 집중적인 항암치료와는 달리 방문객 면회가 좀 더 쉬웠다. 그럼에도 미호는 정원을 찾아오는 손님들을 치료를 핑계로 모두 돌려보냈다. 그러나 매일같이 찾아오는 혜수는 미호가 자리를 비운 틈에 기어코 정원의 병실로 들어섰다.

정원은 혜수가 찾아온 것도 모르고 자고 있었다. 숱 많던 머리칼은 박박 깎여 있었고 피부는 갈라진 곳마다 피가 맺혀 있었다. 입술은 핏기가 없다 못해 백지 같았다.

혜수는 굳은 듯 한참이나 정원을 내려다보다가, 잠든 신부의 갈라진 입술에 입맞춤했다. 정원의 뺨에 떨어진 그녀의 눈물에 신부가 뒤척였다. 혜수는 놀라

물러서서 눈가를 닦았다. 그때 병실에 들어온 미호가 말했다.

"곧 치료가 있으니 나가주세요."

미호는 혜수를 돌려보낸 후, 모든 종류의 방문을 거절했다. 미호는 자신에게 빠진 영민의 도움으로 거의 모든 스케줄을 미룬 채 정원을 돌보고 있었지만, 정원은 미호가 의외로 일정이 없다고만 생각했다. 혜수가 돌아가고 얼마 뒤 잠에서 깬 그가 눈가를 비비며 말했다.

"혹시, 혜수가 오지 않았어?"

"누구?"

"혜수. 정신과 의사인 애. 너도 알잖아. 아까, 온 것 같았는데."

"……안 왔는데?"

"이상하네. 분명히 왔던 것 같은데."

시력이 나빠져 자신의 휴대폰도 제대로 볼 수 없게 된 신부가 다시 말했다.

"혹시, 혜수한테서 전화라도 오지 않았어?"

"전혀."

"그래."

정원은 혜수의 방문을 내내 기다렸다. 안 올 리가 없는데. 그녀의 웃음소리를 들으면 몸이 나아질 것 같았다. 무엇보다, 그녀가 과자를 먹는 소리가 그리웠다. 과자를 먹으며 웃는 얼굴을 딱 한 번만 더 보고 싶었다. "와. 이 과자 진짜 맛있어요." 얼마나 맛있는데? "제가 먹어본 과자 중에 제일이에요." 참 귀여웠는데. 정원은 웃음 지었다. 어린 학생이던 혜수를 처음 만났던 때가 엊그제 같기만 했다. 그 웃는 얼굴을 한 번만 더 보고, 목소리를 한 번만 더 들을 수 있다면.

매일같이 혜수의 연락을 묻는 정원에게 미호는 그녀의 부재중 전화와 메시지를 단 한 번도 전하지 않았다.

"이상하네. 걔가 와보지 않을 리가 없는데."

그 눈빛. 그 웃음소리. 과자를 먹는 소리.

"당신은 자기 자신이 중요하다고 생각하나 봐? 신부니까?"

"아니. 그런 건 아니지만, 걔는……."

"이십 대 여의사가 얼마나 바쁘겠어? 당신 같은 사람은 벌써 잊었을걸."

하긴. 그 애는 환자들 예약도 많으니까. 정원은 아무 말도 하지 않았다. 그는 그날 음식을 먹지 못했다. 미호는 굳이 음식을 강요하지는 않았다. 혜수가 한 번도 연락하지 않았다는 미호의 말을 듣고 정원은 병세가 급격히 나빠졌다.

스위스

임상실험 약과 항암의 부작용으로 갈수록 섬망에 시달릴 때가 많아진 정원에게서, 미호는 자신의 아버지에 얽힌 진실을 알게 되었다. 자다가 깬 정원은 병실 선반에 새 생수병을 채워 넣던 미호를 반갑게 껴안았다. 미호의 당황한 표정에도 정원은 아랑곳없었다.

"아. 역시. 너 걸을 수 있구나."

"왜 이러는 거야."

미호가 뿌리치자, 정원이 놀라더니 웃었다.

"그래, 걷는 게 당연하지. 내가 널 잡았던 거야. 그렇지?"

"무슨 말을 하는 건데."

"난 분명히 네 아버지에게서 널 뺏었어. 제 아비보다야 생판 남을 미워하는 게 낫다 싶었는데 너는 계속 못 걷지, 나는 계속 실패하는 수술만 찾아다니지, 무슨 그딴 꿈이 다 있는지. 이렇게 잘만 걷는데.”

정원의 얼굴이 드물게 환했다.

아버지에게서 날, 뺏었다고? 저 사람은 범죄자야. 여자애들에게 나쁜 짓을 하는 사람이라고. 아빠? 희게 질려 돌아서던 남자. 그리고, 그 아파트 5층 복도에서, 아버지에게 들어 올려진 자신을 보며 달려오던 경악에 찬 정원의 얼굴.

어둠 속에 파묻혀 있던 모든 기억들이 순식간에 쏟아져 내렸다. 미호는 숨을 쉬지 못했다. 아버지를 따라오던 무서운 표정의 남자. 자신을 잡아끌던 아버지. 아버지는 나를 지켜준 게 아니었어. 아버지에게서 날 구해준 사람은…….

미호가 기억에서 돌아왔을 때, 정원은 통증으로 혼절해 있었다. 간호사를 불러야 했다.

정원은 며칠 만에야 간신히 깨어났다. 그는 눈을 뜨고서도 멍하니 누워 있을 뿐, 별말이 없었다. 미호가 말했다.

“……괜찮아? 며칠 전 일 기억 안 나?”

“뭐가?”

갑자기 정원의 얼굴에 당황한 기색이 스쳤다.

"내가 뭐, 너한테 실수했냐?"

"……하나도 기억 안 나?"

"무슨 일이 있었는데?"

미호는 말없이 가만히 있다가 대답 대신 죽을 떠서 내밀었다. 정원이 죽을 외면하고 말했다.

"야. 너 이렇게 억지로 간호하는 거 싫잖아. 다 알아. 내가 알아서 할 테니까 퇴원하게 해주라."

"어디로 가려고."

"내가 알아서 한다니까. 응?"

미호가 일어났다. "내가 알아서 할게. 응?" 정원의 목소리가 복도에 울렸지만, 미호는 뒤돌아보지 않았다.

병원 로비의 TV 화면에서는 시사 패널들이 열띤 토론을 하고 있었으나, 환자 보호자들은 무심한 얼굴로 TV를 보고 있었다. 공사가 중단된 건물과 지하철 계단에서 원인불명의 사고가 잇따르는 이유에 대해 전문가들이 토론하는 동안, 치료실에서 나온 정원은 보호자들 틈에서 멍하니 토론을 듣고 있었다. 그는 간호사들이 쥐여주는 진통제를 받아 들고서 그녀들이 앉혀주는 침대에 의지해 병실로 돌아갔다.

임상치료로 암세포가 줄어드는 것에 비례해, 정원의 기억력과 지력은 점점 사라져갔다. 이젠 라틴어를 들어도 이해하기 힘들었고 제 몸 같던 영어도 어려워졌다. 오디오북을 들어도 마찬가지였다. 예전에 읽은 기억도 나고 무슨 뜻인지도 기억나지만, 새로 듣는 문장은 도통 이해가 되지 않았다. 문장마다 환희에 차서 읽었던 책들도 깨달은 기쁨만 생생할 뿐 내용은 무슨 뜻인지 알 수가 없었다.

정원은 환속 절차가 진행되었는지 교구에 확인했다. 교구에서는 정원이 출연한 다큐의 영향으로 정원의 환속 여부를 두고 논의가 오갔는지, 절차는 아직 진행 중이라고 했다. 정원은 환속 의사를 거듭 전했다. 이런 식으로 두 달, 석 달을 더 살면 무수히 돈을 까먹으며 망가지기만 할 것 같았다.

정원이 병원에 있으면서 가장 무서웠던 건 자살한 귀신들이 눈에 어른거린다는 사실이었다. 정원이 건강한 상태이기만 하다면 귀신들은 서로 간의 대화로 성사되는 계약 없이 그의 몸에 들어올 수 없었다. 하지만 지금은 상황이 달랐다. 섬망이 거듭되는 몸에 자살자들이 제멋대로 들어와 원한을 풀려 한다면? 겁이 난 정원이 미호에게 말했다.

"나 퇴원할게."

"낫고 있잖아. 치료받으면 더 살 수 있어."

"야. 몸이 나으면 뭘 해. 기억이 다 날아가는 게 산 거야?"

"아직 결과를 모르잖아."

"모르긴 뭘 몰라. 그냥 퇴원할 거야."

"퇴원하면 뭘 할 건데? 당신, 셔츠 하나 안 남기고 다 버렸잖아. 빈 몸으로 어딜 간다는 건데."

"도대체 뭐가 그렇게 궁금하냐? 내가 알아서 다 하겠다는데 나한테 왜 이러느냐고. 너, 나 닿는 것도 끔찍하다며."

미호가 말이 없자 정원이 필사적으로 말했다.

"나 제정신일 때 빨리 죽어야 돼. 그리고 한국에서 죽으면 안 되고 멀리 가서 죽어야 돼."

"지금 무슨 소릴 하는 거야? 미쳤어?"

"돌아가신 어머니께서 날 찾아오실 텐데, 원망을 듣기 전에 도망가야 하거든. 내가 그런 데는 또 잽싸잖아."

"무슨 말을 하는지 하나도 모르겠어."

미호가 나가려 하자 정원이 다급하게 말했다.

"나, 무당 아들이야. 자살해서 죽은 사람들이 보여. 난 죽은 사람들한테 몸을 빌려줄 수 있는데, 그 귀신들이 의식 나간 내 몸을 차지하면 이제는 내가 저항할 기력이 없어. 그전에 내 몸을 버려야 돼. 우리나라 밖으로, 되도록 먼 곳에 가서 죽게 도와줘."

"지금 진통제를 너무 많이 먹어서 머리가 이상해진 것 같아. 좀 쉬는 게 좋겠어."

"퇴원만 시켜줘. 그럼 내가 다 알아서 할게. 응?"

미호는 매달리는 정원을 뿌리치고 병실에서 나갔다. 정원은 미호를 이해할 수 없었다.

내가 없어야 편해지겠다고 한 건 저 애잖아. 왜 저러지?

퇴원만 요구하는 정원에게 미호는 대답 대신 갓 딴 생수와 영양식만 먹일 뿐이었다. 정원이 거의 소화하지 못한 채 그대로 게워내고 정신을 잃어도 생수와 음식의 종류만 바뀔 뿐 미호는 한결같았다.

음식을 먹지 못하고 수액으로 연명하던 정원은 점점 더 쇠약해갔다. 고통이 덜하도록 투여한 수면제로 인해 그는 몽롱한 잠에서 헤매다 깼다. 거의 시력을 잃어 눈앞이 흐릿했다. 미호는 의사와 상담 중인지 곁에 없었다.

공기가 이상하게 무겁고 끈적하구나. 나는 죽은 건가 살아 있는 건가.

눈을 깜박여 어떻게든 앞을 보려 애쓰는 정원의 침대 앞에 교복 차림의 희미한 그림자가 서성였다. 얼굴은 흐릿했으나, 교복 치마 밑 가늘고 흰 다리 아래로 발이 잘 보이지 않았다. 사람인가 귀신인가. 정원이 힘들게 입을 열었다.

"네가 뭐든 난 지금 몸을 빌려줄 상태가 아니야. 돌아가."

여자아이는 정원을 보다가 돌아섰다. 떠나려는 여자아이에게서 비 냄새와 먼지 냄새, 눈물 냄새가 뒤섞여 났다. 제길, 몸을 빌려줬다 되돌리지 못할 수도 있는데. 정원이 고개를 흔들었다.

"가란다고 가? 이 병원, 구경할 뷰도 없다고."

정원이 경고문구가 붉게 번져 보이는 진통제 병을

주시하다 한 알 꺼내 먹고 아이에게 손짓했다.

"지금 내 몸이 괜찮지가 않아. 그러니 10초도 견딜지는 잘 모르겠는데, 어쨌건 꿈자리 뒤숭숭하긴 싫으니 몸을 빌려줄게."

정원이 다가오라 손짓하자 아이는 고개를 저었다. 몸을 빌려주겠다는데 거절하는 귀신은 처음이었다.

"내 꼴이 이러니 들어오기가 망설여지니?"

희미한 시야 속에 들어오는 작은 얼굴이 또 고개를 저었다. 눈물 냄새가 짙었다. 어딘가 익숙한 가냘픈 선의 얼굴. 하얀 피부와 맞지 않게 발은 검게 물들어 있었다. 아주 오랫동안 헤맨 듯이. 맨발로 검은 강물 아래를 떠돈 듯이.

정원은 벼락을 맞은 것 같았다.

그는 퍼뜩 일어나다 쓰러졌다.

"어머…… 아니. 아닙니다."

정원이 겨우 말했다. 그리고 침대에 몸을 의지해 일어났다.

아이의 입술이 천천히 열렸다.

나는 오래 생각했어. 내가 왜 이렇게 되었는지. 아주 오래…….

정원은 아무 말도 하지 못했다. 그러다 마침내 입을 열었다.

"그럼 이제 같이 생각해요."

정원이 구르듯 침대에서 내려와 아이 앞에 다가앉았다.

"지금부터 같이."

정원의 흐릿한 시야에 천천히 아이의 발이 또렷하게 보였다. 강물 속에서 얼었다 녹기를 반복한 듯 두 발이 검게 부풀고 상해 있었다. 정원은 의료용 핫팩을 찾아 포장을 찢고 손에 비벼 열을 내고는 아이의 맨발을 감싸려 했다. 급히 찢어 새어 나온 핫팩 가루가 정원의 손에서 떨어져 아이의 투명한 몸을 통과해 흩어졌다.

나는 왜 이렇게 멍청하지. 아니, 이런 거 말고 내가 할 수 있는 게 있었지.

"제 몸을 쓰세요. 언제까지든 통증을 느끼실 일은 없을 겁니다."

정원이 붉은 글씨로 경고가 적힌 진통제를 병이 비도록 입안에 밀어 넣었다.

당신의 원을 풀 수 있다면 이 몸으로 당신께서 무

엇을 하든, 내가 어떤 식으로 세상에 기록되고 끝난다 해도 상관없어. 몸을 놓으면 당신과 같은 세상일 것, 거기서 당신이 새로 꽃피우는 것에 거름이 될 수 있다면. 나의 주님께서 정당한 보상을 아니 하실 리 없으며 내가 그 증거 중 하나라 해도 상관없어. 아니, 그것이 마땅해.

정원이 비운 진통제 병을 버리고 새 진통제 병을 열다가 떨어뜨렸다.

"잠시만 기다리세요."

아이가 몸을 숙여, 먼지와 뒤섞여 바닥에 흩어진 알약을 정신없이 먹는 정원에게 다가앉았다.

신부 직책이건 남은 일정들이건, 아무것도 필요 없어. 당신이 여기서 혼자 헤매지 않을 수 있다면 무엇이라도.

약을 주워 삼킨 정원이 만져지지 않는 아이의 윤곽을 더듬고 비비며 언 뺨과 손과 발에서 냉기를 빼앗으려 했다. 아이의 몸에서 부기와 멍이 빠지고 있었지만, 시력을 잃어가는 정원은 그것을 알지 못했다.

"제 몸이 건강할 때 오셨다면 무엇이든 했을 텐데. 아니, 지금이라도 기회를 주셨으니까."

핫팩에 데이고 상한 손안에서, 만져지지 않는 아이의 언 뺨이 녹았다.

"아무것도 당신 잘못이 아닌 것을 아시지요? 당신께 온전한 몸을 드리면 세상이 얼마나 아름다운지 더 잘 아셨을 텐데. 지금이라도 이 몸에서 세상을 보신 후엔, 언제까지든 저와 같이 있어요."

아이의 몸에서 어둠이 녹고 스러지며 걷혀나갔다.

아이의 윤곽을 껴안으려다, 이미 허용량을 초과해 약을 삼킨 정원이 정신을 잃었다.

빛으로 변하는 형체가, 쓰러지는 정원을 침대 다리에 부딪치지 않도록 부드럽게 옮겨 눕혔다.

혼절한 정원은 계속 깨어나지 못했다. 진통제의 주의사항과 복용량을 모두 어긴 그는 섬망이 심해져 헛소리를 하고 발작을 일으켰다. 미호가 밤낮없이 그의 곁을 꼬박 지켰다.

미호는 침대 앞에 앉은 채로 잠이 들었다가, 자신을 보는 시선을 느끼고 선잠에서 깼다.

약의 부작용으로 온몸이 붓고 피부 이곳저곳이 벗겨진 정원이 몸을 일으켜 미호를 들여다보고 있었다. 녹을 듯 다감한 눈빛에 미호가 놀라는 동안, 정원이 말했다.

"저를 낳은 것도 당신의 잘못이 아닌 걸 아시지요?"

"그게 무슨 말이야."

정원이 진통제 병을 찾아 들었다. 하지만 손에 힘이 들어가지 않아, 뚜껑을 눌러 돌려야 하는 약병을 열지 못했다. 정원이 손등에 꽂힌 링거를 아무렇게나 뽑아 던지고 약병을 고쳐 쥐며 말했다.

"죽은 사람과의 대화 자체가 계약이라, 당신께서 말씀하셔야 제 몸을 쓸 수 있어요. 약을 먹으면 제 몸에서도 아프지 않으실 겁니다. 제 몸을 쓰신 후에는 무엇이든 말씀하세요. 앞으로의 저는 시간이 아주 많으니까요."

정원이 웃었다. 미호가 할 말을 잃는 사이, 링거가 뽑히며 피범벅이 된 정원의 손에서 약병이 미끄러져 떨어졌다. 정원은 허겁지겁 젖은 손바닥을 환자복에 문지르고 뒹구는 알약을 주웠다. 그러고는 미호에게 두 손에 그러모은 알약을 내밀며 자랑스러운 듯 미소를 보였다가, 미호가 말이 없자 피투성이의 앞주머니에 알약을 쑤셔 넣었다.

"맞아요, 아직 모자랄 겁니다."

시력을 거의 잃은 채 바닥을 훑는 정원의 손이 쓰레기 쪼가리와 약을 모아들였다. 그는 먼지 덩이와 마른 음식물 조각이 대부분인 전리품을 보여주었다.

"이제 제 몸에서 세상을 보세요. 세상은 당신이 계시면 더 아름다울 겁니다. 이제 다시는 이 세상을 놓지 않도록, 지금부터는 저와 영원히 함께 있어요."

주머니에서 약을 움켜 내밀다 혼절하는 신부의 데일 듯 뜨거운 몸을 안은 채, 미호는 미친 듯이 콜벨을 눌렀다.

정원은 어두운 강가에 서 있었다. 여기까지 오는 데만도 얼마나 힘들었냐고 저들끼리 떠들어대며 몰려드는 무리 가운데 정원에게 고마워하는 눈빛을 보내는, 어디선가 본 듯한 사람들도 섞여 있었으나, 정원은 그들이 잘 기억나지 않았다. 그는 다른 곳에 시선을 집중하고 있었다. 강기슭 한쪽에서 혼자 그림을 그리는 교복 차림의 소녀. 아름다운 성가를 부르며 웃던, 한강 다리에서 생을 마감한 아이였다.

아이는 온몸의 검은 멍과 붓기가 모두 가셔 있었다. 이유는 잘 모르겠지만 다행이구나. 여긴 아픈 몸이 다 낫는 곳인가 보다. 정원은 이곳이 몹시 마음에 들었다.

아이가 그리는 그림은 문외한인 정원이 보기에도

중학생의 솜씨를 아득히 뛰어넘은 것이었다. 몇 개짜리 색색의 마커와 싸구려 잉크로 만화를 그리는 데 열중하고 있는 아이는 그림이 즐거운지 옆얼굴이 방긋 웃음으로 파였다. 정원은 목이 메었다.

당신으로 하여금 스스로 생을 놓게 만든 사람이 누군가. 내가 아니었다면 당신은 무수한 군중들 틈에서, 평범한 풍경 속에 섞여 자라고, 나이 먹고, 당신이 이룬 가족과 함께 살지 않았을까.

정원은 차마 그녀를 부르지 못한 채 내내 바라만 보고 있었다. 아이 앞의 강은 건너기 좋을 정도의 폭인 듯하나 검고 물결이 거칠었다. 강물은 방향이 기이해 배의 노를 젓지 않아도 흘러 건너편에 닿게 되어 있었지만, 커다란 배가 와서 사람들을 태워 건너편으로 데려가고는 했다. 배를 타려는 사람은 많고 줄은 길었다. 아이는 강을 건너고픈 기색이 역력했지만 배가 닿으면 체구가 작은 그녀는 계속 밀려나, 망설이다가 멀찍이 물러나고는 했다.

하필이면 당신 앞에 강이라니. 그건 아니다. 빨리 지나가야 하지 않나. 당신이 원한다면 무엇이든 건너야지.

정원은 운 좋게도 마침 강가에 있는 작은 나룻배를 발견했다. 강을 쉬이 건너라는 듯 노까지 달려 있었다. 쇠사슬에 묶여 기슭에 매인 배는 낡고 더러웠지만 상관없었다. 노를 저으면 더 빨리 건널 수 있을 것이었다. 배는 바닥의 발 받침대가 부러져 있고 나무의 가시가 가득 일어나 있었지만, 정원은 신학생 시절 빈민가 주택들을 수리한 솜씨를 발휘해 부러진 받침을 금방 고쳤다. 배 바닥을 좀 손질하면 당신의 발에 가시를 묻힐 일은 없을 거야.

정원이 나룻배 안쪽에 보드라운 풀을 꺾어 넣고 이끼를 덮은 뒤 코트를 벗어 펼쳐 깔았다. 만든 자리는 제법 포근해 마음에 들었다. 그는 노를 젓기 좋은 구석에 앉아 노를 만져보았다. 정원이 땀이 날 정도로 노를 저어 손에 익히는 동안, 아이가 정원이 꾸며놓은 자리에 앉았다. 정원은 만족했다. 이어 아이의 흰 맨발이 눈에 들어왔다. 정원은 코트의 소매를 두 손으로 비벼 따뜻하게 만들고는 아이의 발을 돌돌 감쌌다. 이제야 만져지는 자그마한 몸은 부드럽고 연약했다. 아이는 정원이 하는 대로 내버려 두었다.

정원이 배를 묶은 쇠사슬을 풀었다. 어두운 숲인

이쪽과 달리, 강의 건너편은 끝없는 유채꽃밭의 뒤로 노을이 녹아들며 파도 소리가 낮게 들리는, 온통 황금빛의 부드러운 바닷가였다. 아무리 걸어도 지치지 않을 것 같았다.

당신과 함께 저곳을 끝없이 걸을 수만 있다면. 당신의 못다 한 이야기를 무릎이 풀리도록 걸으며 듣고 또 들을 거야. 이제 우리는 서로가 만져지는 몸이 있지 않나. 이제 나는 당신에게 해도 고통도 아닌 도움이 될 수 있어. 당신이 원한다면, 이 몸 그대로 다른 세상으로 갈 때 곁에서 당신을 지켜줄 아버지가 되고 쉴 곳이, 토양이 될 거야. 당신도 괜찮다면, 이번에야말로 저 건너편에서 다시 시작해야지.

정원은 이제야 자신이 살아온 이유를 알 것 같았다.

배의 쇠사슬을 전부 풀고 나자 배가 강물로 밀리며 기우뚱거렸다. 정원은 아이가 놀랐을까 걱정이 되어 자신을 보고 있던 아이에게 손을 내밀었다. 아이가 가만히 정원을 쳐다보기만 할 뿐 손을 잡지 않다가, 대신 그를 배 밖으로 밀어냈다. 내가 원망스러우신 건 당연해. 고개를 떨군 정원을 아이가 올려다보았다. 아이가 마커와 잉크가 묻은 손을 들어 땀에 젖은 정원의 얼굴을 닦아주었다.

난 네가 살았으면 좋겠어.

아이의 미소가 시야를 채우며, 정원은 병원 침대 위에서 깨어났다. 약에 절은 몸에 달린 수십 개의 호스가 무거웠다. 아니야. 나는 당신과 함께 있어야 하는데. 그는 온몸으로 전부 되돌아오는 고통과 의료진의 기쁨에 찬 목소리 속에서 다시 의식을 잃었다.

톡. 톡톡.

액체 떨어지는 소리가 들렸다.

정원은 무거운 눈을 떴으나 앞이 잘 보이지 않았다. 나는 죽은 거구나. 흐릿한 시야에 익숙한 병원 천장이 들어왔다. 죽었는데 병원의 천장이 보이다니 이상하군.

죽은 정원 옆을 간호사가 오가며 수액이 바닥난 링거를 갈아 끼웠다. 저승에도 간호사와 공기청정기와 소독제가 있나? 그는 붓고 상한 팔다리에 닿는 거즈가 따가워 놀랐다. 미호의 목소리가 들렸다.

"깨어났구나."

소독약이 닿은 피부가 아팠다. 나는 살아 있나? 배

를 기다리던, 낯익었던 죽은 자들과 어머니, 당신의 미소는 환상이었나. 그래, 당신이 내게 웃어줄 리 있을까. 나는 당신의 꿈을, 미래를, 인생을 빼앗았는데. 볼을 감싸던 당신의 손과 웃는 얼굴은 내가 마음 편하자고 지어낸 꿈. 내 망상으로 당신을 멋대로 그려내 날 위안하는 건 당신에게 무례하다는 말도 모자라. 이번에야말로 몸을 버리고 당신께 가야지.

흐린 창밖을 내다보는 정원의 뺨을 미호가 물수건으로 닦아내며 말했다.

"이상하네. 얼굴에 물감 같은 게 묻어 있어."

정원이 말을 하지 못했다.

그는 허겁지겁 미호의 손째 물수건을 쥐고는, 희미한 시야 안에 들어오는 색들을 보았다.

알록달록한 싸구려 잉크와 마커의 색들.

"괜찮아?"

정원이 얼굴을 가렸다. 그는 말을 하지 못했다.

나는 이제 아무 미련이 없어. 다 상해가는 이 몸에도, 정신에도. 아무것도 무섭지 않고, 당장 숨이 끊어진다 해도 웃을 수 있어.

"이상해. 어제 열이 심하게 났을 때부터…… 당신,

죽을 뻔한 거 알아?"

정원이 미소를 보였다.

"이제 곧 죽을 거야. 그러니까 나 살아 있을 동안 나한테 하고 싶은 거 다 해. 과도를 쓰든 밥에 약을 넣든 하고픈 거 다 하란 말야."

미호가 기막히다는 듯 정원을 보았으나, 정원은 눈치채지 못하고 말을 이었다.

"나 죽고 나서 곱씹어가며 미워하는 건 아주 가성비 떨어지는 일이야. 자본주의적이지 않아."

"당신은 신부가 그런 말이나 해?"

"뭐 어떠냐. 환속 절차만 마무리되면 난 자유인이야."

진통제를 삼키는 신부를 보던 소녀가 말했다.

"난 신 따윈 안 믿어. 당신 하느님은 당신을 낫게 해주지도 못하잖아."

"야. 나로 판단하지 마. 나랑 그분의 영광은 상관이 없어. 그분이 특별히 내게만 다정하셔야 할 이유가 있니? 없어. 전혀 없어. 그분은 지금까지 충분히 다정하셨어."

"당신은 사이비야."

"그런 건 좀 조용히 말해. 남들이 다 듣잖아."

정원이 웃었다. 그는 시력이 거의 사라져, 눈물을 훔치는 미호를 알지 못했다.

정원은 의료진으로부터 예상외의 소식을 받았다. 임상치료가 성공해 기존의 두세 달이 아니라 2년 이상 길어진 여명이 기대된다는 진단이었다. 뇌에 손상이 와 섬망은 더욱 심해지겠으나 몸의 암세포는 줄고 있다는 격려와 함께였다.

정원은 어이가 없었다. 자신이 정신을 놓은 몸에 죽은 이들이 깃들 수도 있는 기간이 2년이라니. 멀쩡한 자신은, 몸이 없는 이들의 어둡기도 한 속살거림을 잘 받아넘길 수 있었다. 그러나 쇠약해가는 지금의 자신이 몸을 지켜낼까, 허물어질까.

미호가 병실로 들어오는 것도 모르는지 정원은 창밖만 보고 있었다.

"몇 년 더 살게 됐으니 좋지 않아?"

미호가 말했다.

"남의 이목을 생각하는 거라면 이 정도면 됐어. 나 한국을 벗어나 멀리 가서 죽어야 돼. 그러니까 스위스 안락사 시켜주라."

미호가 말이 없자 신부가 말했다.

"돈이 많이 든다는 건 나도 알아. 우리가 법적으로 남매고 재산도 있으니, 네가 자살방조죄 조사를 받아야 하는 것도 알아. 내가 증언과 기록을 잘 남기면 그리 귀찮지 않을 거야."

미호가 한참 말이 없자 기다리다 못한 정원이 말을 이었다.

"미안해. 스위스 가서 안락사 시켜주면 내가 할 수 있는 건 다 할게."

미호가 입을 열었다.

"그럼, 나랑 섹스해."

정원은 귀를 의심했다.

"뭐?"

"나랑 섹스하자."

"뭐?"

"귀까지 먼 거야? 나랑 섹스하자고."

"너 돌았구나."

"왜? 안락사하고 싶다며. 안락사는 돈이 많이 들어. 출국해서 처리할 절차도 복잡하고. 안락사 진행하려면 나도 얻는 게 있어야 하잖아."

정원이 어이없다는 얼굴을 했다.

"너 지금 그걸 거래라고 내미는 거야?"

"왜. 당신이 손해 볼 건 없잖아?"

"요즘 몰카는 왜 이렇게 선정적인데?"

"불법촬영 카메라 같은 거 아냐. 편하게 죽고 싶다며. 그러니까 나랑 섹스해."

정원이 흠칫했다. 성관계를 무슨 산책이라도 가자는 것처럼 말하잖아. 얘가 대체 무슨 생각인 거야?

"넌 내가 사이비라고 생각할지 몰라도 어쨌건 교구청 가보면 내 서품 기록도 나와. 뭔 생각이야? 사람 꼴을 얼마나 우습게 만들려고 이래?"

"응. 당신 꼴 우스워. 나 아니면 누가 당신한테 관심이나 있겠어?"

정원이 욕을 씹었다.

"안락사, 하고 싶다며?"

정원은 섹스에 대해 생각해보았다. 섹스, 그리고

욕창으로 살이 썩어가는 몸은 잘 어울리지 않는 단어였다. 나날이 허물어져가는 자신의 몸을 놀리기 위한 단어라면 맞춘 듯 적합하지 않나. 정원이 실소했다. 항암과 임상을 거치며 이제는 생리적인 아침 발기도 거의 없었고, 감각은 둔해지면서도 통증은 칼날 같아 하루의 대부분은 진통제와 수면제에 취해 있었다. 어떻게든 혼자 대소변을 해결하겠답시고 병실 내에 있는 화장실로 기어가다 생긴 무릎과 다리의 상처는 낫지 않고 욕창으로 번졌다. 얘는 나를 얼마나 싫어하면 이렇게까지 조롱하나? 신부는 피식피식 웃음이 났다. 미호가 싫어하건 말건 내 멋대로 굴었고 아이의 생각이나 감정에도 관심이 없었지. 이제 성인이 될 애니까, 이쯤에서 서로 마무리하는 게 좋지 않을까.

정원은 좀 지쳐 있었다. 미호가 믿든 안 믿든, 서로 대거리하고 화내고 막말을 주고받는 소모에서 좀 벗어나고 싶었다. 나는 편히 죽고, 애가 좀 편해진다면 좋은 거 아닌가. 이런 식의 조롱이야 또 익숙해지면 그만이겠지.

"나랑 섹스할 거지?"

"그래 그럼."

정원은 미호의 제안을 받아들였다.

프러포즈를 거절당하면서도 미호가 오빠의 간병을 하는 사이 기획사의 간섭을 막아주었던 영민에게 그녀는 스위스에 다녀올 동안 자신의 대답을 기다려줄 수 있겠냐고 물었다. 진정한 사랑을 위해 뭐든 하겠다며 반지와 함께 기다리겠다는 영민에게 별다른 말없이, 미호는 여행을 준비했다. 정원은 여행을 위해 성가가 담긴 엠피쓰리—눈이 거의 보이지 않아도 버튼을 눌러 조작이 가능했다—를 챙기고 마약성 진통제도 모두 챙겼다.

정원은 간호사로부터 혜수가 찾아와 병실 밖 대기실에 있다는 말을 들었다. 그간 늘 만나오지 않았냐는 식으로 말하는 간호사를 보고 얼떨떨해하던 그는 황급히 대기실로 향하는 빠른 통로를 물었다. 그러나…… 정원은 문 앞에서 멈춰 섰다. 늘 그녀의 얼굴을 보고 목소리와 웃음소리를 듣고 싶었으나, 혜수가 자신의 몸 상태를 묻고 앞으로의 계획을 물어보면 할 말이 없었다.

다른 세상을 보는 내가 미친 것 같다고 느꼈을 때 고개를 흔들어주던 너. 너에게 이미 받은 게 많아. 다정한 너에게 내 세상을 설명해 이해를 구해야 할까. 네가 지나온 죽은 자들의 세상을 돌이켜 날 위안해 달라고? 그래야 할 이유나 필요가 있을까.

정원은 간호사에게 부탁했다. 치료 중이라 당분간 면회가 불가능하다 전해달라고. 그러고서 그는 대기실 대신 병원 로비로 나가, 미호가 기다리고 있는 택시에 올라 공항으로 향했다.

스위스에서 안락사를 신청하는 일은 만만치 않았다. 안락사를 위한 서류를 확인하고 정원과 의사와의 면담만으로도 며칠이 꼬박 지나갔다. 정원은 눈이 거의 보이지 않는 데다, 이젠 영어를 들어도 바로 바로 뜻이 들어오지 않아 관계자들과의 인터뷰에 예상보다 시간이 더 걸렸다. 그는 모든 것에 동의하고 사인했다. 정원은 자신에 관한 것은 아무것도 남기지 않았다는 조항이 마음에 들었다.

안락사 날짜는 사흘 뒤로 정해졌다. 정원은 실감이 나지 않았다. 호텔의 푹신한 더블베드에 누워 진통제를 실컷 먹으니 순간순간 행복했다. 오래된 엠피쓰리로 성경을 듣고 있던 정원은 문이 열리는 소리에 방음이 안 된다고 생각했다가, 누군가가 다가와 앉아 침대가 출렁이는 느낌에 화들짝 놀랐다.

"여기까지 와서 성경이야? 지겨워."

"야. 미쳤냐? 가서 자."

정원이 손을 휘휘 흔들자 미호가 말했다.

"약속을 지켜야 하지 않아?"

"무슨 약속?"

"섹스."

"뭐? 누가? 언제?"

"신부가 약속을 깨기야?"

"안됐지만 나, 뭐 그렇게 믿을 만한 사람이 못 되거든. 사실, 발기도 안 돼."

정원이 의기양양하게 말했다.

"그게 자랑이야?"

"네가 암 환자 페티시가 있다는 건 알겠는데 내 추측으로 스위스에도 암 환자가 있을걸? 아마 나보다 몸도 좋고 잘생기고 발기도 잘될 거야. 나는 밤새도록 이 방에 누워 발기가 안 되는 현실을 슬퍼할 테니

베개에 젖은 내 눈물을 보기 전에 빨리 나가라고."

"괜찮아. 호텔 앞 약국에 각종 약이 많던데?"

"약? 무슨 약?"

"예를 들면 비아그라라든가."

"뭐?"

정원이 어이없다는 표정을 하다 말을 이었다.

"지금 내 상태에 약 잘못 먹었다간 그냥 시체 되는 거 알지? 안락사 비용을 이런 식으로 아끼나?"

미호가 흰색 알약을 내밀며 말했다.

"먹어."

"아 진짜."

정원이 당황했다.

"그거 진짜 비아그라는 아니지?"

시력을 거의 잃기도 했으나, 비아그라에 관심이 없던 정원은 특유의 푸른색으로 유명한 비아그라와 흰색 진통제를 구분하지 못했다. 의사의 처방전이 있어야 발기부전 치료제를 약국에서 구매할 수 있다는 사실도 몰랐다. 미호가 웃으며 말했다.

"왜? 이거 불법 아니야."

"여기 스위스거든? 아름다운 알프스 동산을 앞에

두고 정력보조제가 불법인지 아닌지에 대한 대화를 나눠야겠냐? 하이디가 운다 울어."

"약 먹고 옷 벗어."

"야, 돌았어?"

정원은 미호가 입맞춤으로 약을 먹이자 할 말을 잃었다. 얘는 이런 기술을 어디서 배워오나? 비아그라로 죽는 건 너무 개죽음 같은데? 가성비는 좋긴 하군. 죽고 나서 뒷수습할 말이 곤란하긴 하지만. 싼 건 이래서 문제야. 마약성 진통제로 절은 몸에는 발기부전 치료제가 효과가 없는 모양인지, 통증이 약간 둔중해졌을 뿐이었다. 정원은 머리맡을 더듬어 진통제를 다시 투여했다. 진통제 효과가 더 좋아졌는지 약 기운이 금방 돌았다. 통증이 좀 더 누그러들자 기분이 한결 나아졌다.

정원이 엠피쓰리를 만지는 사이, 미호는 뼈가 조각났다 어긋나게 아문 정원의 쇄골을 건드렸다.

"흉하네."

"내가 울음을 터뜨릴 동안 나가지 그래?"

정원을 보던 미호가 나직이 말했다.

"당신은 정말 바보 같고 멍청해."

"익숙한 평판인데?"

"……."

"다 놀렸으면 가서 자라, 응?"

미호가 문을 여는 대신 정원의 입술을 쓸었다. 정원은 좀 전의 입맞춤이 묘한 열기를 띠고 입술 위에서 되살아나는 것을 느꼈다. 그리고, 두 번째인 미호와의 입맞춤을 자신이 익숙하게 넘겨버렸다는 사실을 깨달았다.

사람은 어떤 상황이든 적응해 살아갈 수 있다는 사실이 정원은 무엇보다 두려웠다. 눈앞에 보이는 이들이 자살자들이란 걸 깨닫고 밤새 울던 네 살 때, 그 귀신들과 농을 주고받는 마흔 가까이 된 자신을 상상이나 했던가? 죽음을 앞에 둔 지금에 와서, 미성년자 양여동생과의 성적인 접촉이 익숙해지는 최저의 인간이 될 필요는 없었다.

정원이 허겁지겁 몸을 뒤로 빼며 말했다.

"네가 내 망가지는 꼴을 보고 싶다면 얼마든지 폴댄스와 발레를 하겠지만 사실 난 토슈즈가 없으면 춤을 추지 않거든. 그래서 말인데 네가 원한다면 나랑 베개가 섹스하면 안 될까? 내가 밤새도록 베개를 잘 설득해볼게."

"옷 벗으랬잖아."

"야 진짜."

미호가 정원의 잠긴 옷깃을 만지자, 정원이 미호의 손을 쳐냈다.

"놀리는 것도 적당히 해."

도로 잡아오는 손이 정원의 손목을 지나 얼굴을 감쌌다.

"돌았냐 너?"

"난 당신과 달리 멀쩡해."

"그래, 넌 멀쩡하고 애야. 민법상으로도 만 18세 미성년자라고. 날 지옥에 보낼 마지막 계획이라면 다른 희생자를 찾지 그래?"

"글쎄. 지금 당신 몸에 성욕을 느낄 만한 여자를 찾지 못했거든."

"스위스어로 성욕을 머니라고 하더라고. 한화로 오십만 원 정도면 미성년 성매매자를 찾을 수 있을 거고, 거래기록만으로도 난 지옥 밑바닥 특등석에……."

미호가 정원에게 깊이 입맞춤했다.

정원은 자신이 하루 종일 여자들을 껴안고 다닌다고 호언하곤 했다. 정원이 만나는 여자들은 젊다면 칠십 대, 그렇지 않으면 보통 팔십 대의 여자들이었다. 요양원 침대에 누운 그녀들이 병자성사 중에도 손을 잡아달라거나 안아달라고 하면 신부는 그들의 손을 잡거나 안아주고는 했다.

스스로 씻지 못하는 늙고 병든 몸은 변과 오줌 냄새, 욕창으로 뭉그러진 피부의 고름 냄새가 났다. 요양원의 침대에 누운 그녀들은 늙지 않는 마음만 변함이 없었다. 엄마랑 놀러 갈 거라고 자랑하고, 소녀시절 즐겨 부르던 유행가를 흥겹게 부르다, 분변이 묻은 손을 내밀어 정원의 젖은 뺨을 닦아주었다. 정원의 박수 소리 속에서, 보행보조기에 앉은 먼지들이 공기 속에 풀썩이며 퍼져나갔다.

병자성사를 돌고 나면 정원은 결재서류가 쌓인 사무실에서 잠들었다가, 경비가 흔드는 손길에 깨어나는 일이 잦았다. 한밤중 사망한 노인의 유가족에게, 원장은 뭘 했냐며 멱살이 잡히기도 했다. 정원에게 누가 깊이 닿아오는 접촉이란 대체로 그런 것들이었고, 그런 삶이 정원에게 익숙했다.

욕창이 번진 몸에 부드러운 손길이 다가왔다. 안아오는 가느다란 팔을 급히 쳐내면 고통 어린 비명 소리가 들리고, 놀라서 움직이지 않으면 자그마한 웃음소리와 입술이 부딪쳐왔다. 이건 대체 무슨 종류의 장난이지? 이렇게까지 사람을 조롱할 필요가 있나? 어떤 조롱이든 참을 수 있다고 여겼건만. 이런 건 상상조차 못 했는데. 정원은 뭉그러진 상처를 피해 쇄골과 가슴 아래께의 긴 흉터를 지나는 가녀린 손가락을 막았다.

"이러면 안 돼."

"왜?"

정원은 의아하다는 듯한 미호의 목소리에 놀랐다. 도대체 무슨 생각을 하는 거야? 무슨 말을 듣고 싶은 거지? 정원이 말했다.

"사실, 발기가 안 돼. 너 솔직히 이 말을 듣고 싶은 거지? 내가 얼마만큼 손수건을 적셔야 하는 거야?"

정원은 대답 대신 목에 감겨오는 가느다란 팔에 당황했다. 부러졌다 어긋나게 붙은 쇄골뼈의 파인 부분을 입술이 채웠다. 날 선 통증이 부드러운 온기에 눌리며 녹아내리고, 아픔 대신 따스한 감촉이 짓무른

목 안쪽에 닿아왔다. 정원이 멍하니 있었다.

정원은 누군가가 다정히 자신을 만져온 게 언제였는지 생각이 나지 않았다. 나는 이런 접촉에 굶주려 있었나? 요양원의 노인들이 안아달라거나 손을 잡아달라고 하면 바로바로 해주긴 했다. 외로우시겠지 하고 넘겼지, 깊게 생각하지 않았어. 아니, 깊게 생각하고 싶지 않았다. 나는 언제나 내 문제만으로 꽉 차 있었으니까. 명색이 요양원장이랍시고 직원들을 잘 살폈던가? 나는 좋은 신부이기나 했던가? 어르신들에게는 약간 친절했던 것 같지만 어리거나 젊은 여직원들에게는 대놓고 차게 굴었다. 아니야. 안아달라는 어르신들도 기계적으로 안아준 적 또한 셀 수 없었어. 그래선 안 됐는데.

나야 혼자 오래 살아왔으니 사람의 체온이란 걸 아예 모르다시피 했지만 가족과 부대끼며 살았던 그녀들은 타인의 온기를 잃은 고통과 허전함이 얼마나 컸을까. 내가 무지했어. 다음에는 좀 더 오래 안아주고 손을 잡고 있어야겠다. 아니, 이제 와서 이런 감정을 기억해뒀다가 잘해야지 생각한다고? 언제까지 요양원장이라는 생각을 못 버릴 건데? 정원이 피식거렸다. 그리고 부드러운 입맞춤에 생각이 끊어졌다.

“당신, 죽지 마.”

“왜?”

긴 입맞춤 끝에 숨이 모자란 정원이 간신히 물었다. 미호가 대답 대신 다시 입을 맞추었다.

정원은 죽을 때가 되니 별별 미친 꿈을 다 꾸었다고 생각했다. 잠에서 깨고 나서의 나른한 느낌도 이상한 꿈의 여운일 것이다. 중독되든 말든 이제 죽을 건데 알게 뭐냐고 마약성 진통제를 너무 집어 먹었던 게 탈이었을 테다. 돌아눕던 그는 곁에 누운 미호를 알아챘다. 너무나 익숙하게 들리는 그 숨소리에 위화감이 든 그는 몸에 휘감기는 자신의 젖은 옷과 쉰 목을 깨달았다.

그는 지난밤 밤새도록 미호에게 지난날들을 사과했다. 미안하다고, 나 자신에게만 파묻혀 널 상처주었다고, 내 문제들을 드러내지 않는 데만 급급해 아무도 돌아보지 않았다고. 나는 죽어 아무것도 남기지 않을 것이며 네 인생에 먼지조차 아닐 거라고. 쉴 새

없는 사과가 포옹과 입맞춤으로 막히던 순간들, 그리고…….

순식간에 얼굴이 벌게진 그는 미호를 똑바로 보지 못했다. 희미한 시야인데도 제대로 볼 수가 없었다.

애한테 내가 무슨 짓을 한 거지. 애야 무슨 의도였는지 몰라도. 아니, 이미 내가 한 짓인데 아이의 의도가 뭐가 중요해. 보호자가 사라진다니 정상적인 판단이 안 된 것일 텐데. 죽기 직전의 상황을 이용해 미성년자인 여동생과 성관계한 전직 신부라니. 타인이라면 대면하기조차 싫은 존재일 거야. 정원은 머리를 감쌌다.

정원은 세상에서 인정하지 않아도, 자신이 신부로 죽는다고 믿었다. 교구에서 이제 인정하지 않는다 해도 신부로 마무리한다는 자긍이 있었으나…… 그러나 이젠 스스로에게도 변명의 여지가 없었다. 정말 할 말이 없었다. 이건 진통제나 다른 것으로 책임을 돌릴 수도 없어. 내가 한 짓이니까. 교구에 알리면 어떤 처분을 받을지? 이미 환속 처리가 되었을 텐데 그 상태에서 면직이 가능한가? 이름 없이 잊히길 바랐을 뿐 오욕이 남는 건 원하지 않았는데. 그러나 감추는 게 내 개인으로는 더 오욕이 아닌가.

정원의 가슴속에서 이런저런 변명들이 날뛰었다. 어쨌든 난 미성년자 여동생과 성관계를 한 거야. 일단 교구에 알리고 처분을 기다려야지. 그렇지만 환속 처리도 끝났을 테고 사흘 후면 죽을 텐데 그때까지 결론이 나올까? 안락사 약물로 죽는 순간에 면직 처분이나 생각하고 있는 것도 어이가 없을 것 같은데. 안락사할 예정이니 교구의 처분을 앞당겨달라고 한다면 미친 사람으로 보일 것 아닌가.

미호가 잠에서 깼는지 기지개를 켰다. 그러곤 정원에게 몸을 붙여왔다. 정원이 힘없이 미호에게서 몸을 떼고 시트를 고쳐 덮어주었다.

"지금 시차가 있으니 교구에 전화는 나중에 할게. 면직되어도 할 말 없는데 그전에 내가 죽을 거고, 이미 환속 절차가 다 마무리되었다면 처벌까지 가지 않을 수 있어. 일단 내 증언을 남겨놓겠지만 내가 죽고 나서 결론이 날 거야. 미호야, 내 잘못이야. 정말 미안하다."

정원을 가만히 보던 미호가 말했다.

"당신 말야."

정원은 미호의 말을 기다렸다.

"살면 안 될까?"

정원은 어이가 없었다. 미성년자 여동생과 성관계를 했다고 교구에 보고할 생각을 하니 머리부터 발끝까지 모든 피가 빠져나가는 기분이었다. 교구 신부들이며 동료들, 신자들이 자신을 어찌 생각할지 상상도 두려웠다. "살면 안 될까?"라니. 무슨 낯으로 더 산단 말인가? 멍하니 미호를 바라보는 정원에게 그녀가 말했다.

"지금의 당신은 누군가가 곁에 있어야겠지만, 어차피 이제 신부로 살 수도 없잖아."

아. 그건가. 미호가 신부의 긍지를 박살내기로 작정했다면 이보다 더 나은 선택도 없을 터였다. 천주교 묘지에 묻히지 못하고, 주보에 이름이 실리지 않더라도, 신부로서 죽는다는 긍지만은 내 것이라고 생각했는데. 이젠 그것도 없었다. 애 성격이 왜 저 모양이람. 분명 양육법이라곤 한 글자도 모르는 놈이 키운 걸 거야. 씁쓸하게 웃는 정원을 미호가 바라보다가 말했다.

"나랑 같이, 돌아가."

"무슨 말도 안 되는 얘기야. 나 편도 티켓이잖아. 한국까지 헤엄쳐 가려면 우선 튜브부터 구해야 할 것 같은데. 내가 또 건강 생각해서 짠물은 안 먹어."

피식거리는 정원을 미호가 말없이 보았다.

"내가 당신이 살길 원하는데도?"

얘가 왜 이러지. 하지만 아이야 어른의 거울 아닌가. 아이의 행동이 뒤틀렸다면 아마도 내가 뒤틀린 부분이 있어서일 거야. 아니, 확실해. 그러니 서로 더 뒤틀리기 전에 끊고 가는 게 맞지.

정원이 말이 없자, 미호가 말했다.

"당신이 원하지 않아도, 당신의 조각이라도 같이 있어야 살 것 같대도?"

뭔 소릴 하는 거지? 보호자가 없어진다는 실감이 나서 무서운 건가. 이해할 만했다. 정원이 말했다.

"나도 어릴 때는 사탕 쪼가리 다 모으고 그랬어. 그런 거 없어도 거뜬히 살 수 있다? 그게 맞는 거고. 너 아무것도 안 버리고 다 모으다간 나중에 TV 속 〈세상에 이런 일이〉에 나오게 돼."

"가지 마. 저세상에선 당신 필요 없어."

"뭐? 네가 어떻게 알아? 내가 지옥의 케르베로스

가 될지? 대충 가짜 머리 두 개를 구하면 취업이 될 거라고."

이젠 이력서에 경력추가도 했으니 말이지. 정원이 콜록거리면서 머리말을 더듬어 진통제를 입안에 털어 넣었다. 미호가 물잔을 받쳐주며 말했다.

"당신 목숨이 당신 것이라고만 생각하는구나."

정원이 고개를 저었다. 그리고 물기가 떨어지는 소리에 아이의 얼굴을 더듬어 닦아주고, 제 체온으로 덥힌 시트를 아이에게 여며주며 말했다.

"아니 미호야. 근데 내가 좀 이기적이잖아."

정원은 제 잘못을 교구에 고백하기로 했다. 다 꺼져가는 시력으로 핸드폰의 앱을 잘못 눌러 애를 먹은 끝에 교구에 전화하자, 국제전화가 연결되는 소리에 심장이 몸 밖으로 튀어나올 것 같았다. 자신을 아껴주던 교구청장과 연결된 순간 정원은 침을 꿀꺽 삼켰다.

"안녕하십니까. 전 가톨릭 요양원장 이정원 베드로입니다. 환속이 아니라 면직 요건이 될 사항이 생겨 연락드렸습니다. 저는 위계와 친밀감으로 호도하여,

만 18세인 미성년자 여동생과 성관계를 했습니다. 찾아뵙고 말씀드리지 못하는 이유는…… 통화 중에 물을 마셔서 죄송합니다, 교구청장님. 진통제가 약효가 짧아서. 제가 직접 찾아뵙고 말씀드리지 못하는 이유는 외국이어서 그렇습니다."

교구청장은 한참 침묵하다가 말했다.

"……이정원 베드로, 지금 어딘데?"

"스위스입니다. 제 증언은 일단 녹음해서 남겨두었고 동생의 연락처도 첨부했습니다. 귀국 일정은 잡지 못했으나, 교구의 처분을 받겠습니다. 우편으로 증언 자료 등을 첨부해서 보내드릴 예정입니다."

교구청장은 말이 없었다. 정원은 자신이 침을 삼키는 소리가 너무나 크다고 생각했다.

"이정원 베드로, 이미 환속 절차가 마무리된 상태의 민간인에 대해서는 우리가 보고받을 의무가 없어. 이젠 사제가 아닌 자네가 교구와 무슨 관련이 있지? 민간인이 내선번호로 교구청에 전화해서 내 시간을 뺏는 건 그다지 바람직하지 않은 일 같은데."

"……네. 죄송합니다."

"이해했지?"

"네."

"정원아. 건강은 좀 어떠니. 약 부작용은 좀 덜하고? 스위스에 좋은 병원이 있는 거니? 주소가 어디냐. 필요한 게 있으면 바로 보내마."

"아……."

정원은 바로 전화를 끊었다. 급히 내려놓은 휴대폰의 화면이 널브러진 진통제 껍질들에 닿아 날씨며 뉴스앱이 켜졌다.

이번 주 서울 날씨는 맑으며, 주말에 공원 나들이가 어떠냐고 권하는 기상 캐스터의 목소리를 들으며 정원은 침대 위에서 멍하니 앉아 있었다.

살아 있다는 건 어떤 의미일까? 심장이 뛰면 살아 있는 상태인가? 농담을 알아듣지 못하고, 어떤 책도 이해하지 못하고, 사랑하는 사람을 알아보지 못한다면. 의식 없이 기계에 호흡을 의지한 채 타인의 손을 빌려야 식사와 배설이 가능한 상태는 과연 삶이라고 할 수 있을까? 처음부터 그랬다면 모르겠으나, 빼앗길 것을 모두 안 상태에서 생을 더 이어가야 할까?

이제는 기억나지 않는, 보고 싶은 누군가의, 바삭, 무언가를 먹는 소리. 그 웃음소리. 이제 그녀가 누군지 기억이 나지 않아.

모든 것이 사라져가고, 바래져가고, 부서져가도 기억은 남아 낡아가는 몸을 달래주는데. 기억마저 사라져가는걸.

가장 두려운 것은, 나도 몰랐던 내 바닥을 나와 타인에게 드러내는 것이 아니다. 먹을 것과 배설의 해결만이 관심사인 상태로 사는 것도, 살다 보면 익숙해질 터이다. 그러나, 그러한 나를 전혀 모르는 상태로 사는 것만은 두렵다. 죽은 이들에게 몸을 내어주고 무슨 일이 벌어질지 모르는 내가 나일까. 수치심을 모르는 내가 과연 나일 수 있을까. 어떠한 개선의 여지도, 갱신의 여지도, 변화의 가능성도 없는 상태가 과연 삶이란 말인가. 그러한 삶에도 내가 모르는 의미가 있을 것이다. 내가 감히 짐작도 못 하는 뜻과 빛이 있겠지만, 그러나, 그게 내 삶이라면 나는 백 번이라도 고개를 저을 거야.

정원은 안락사를 기다리던 중 급격히 상태가 악화되어 숨을 거두었다. 잠자듯 숨이 날아간 그는 제 얼굴에 떨어지는 눈물과 입맞춤에도 반응이 없었다.

미호는 혼자 한국으로 귀국했다. 그녀는 곧 영민과 결혼해 아들을 낳았다. 미호는 재벌의 청혼을 거절할 듯하더니 결국 팬을 버리고 결혼한다는 욕을 먹었으나, 별다른 신경을 쓰지 않고 육아에만 몰두했다. 그녀의 화장기 없는 얼굴이 연예 매체에 실려도 미호는 아무렇지도 않은 듯 장난감과 육아 책을 사러 다녔다.

그러나 영민은 곧 진정한 사랑을 위해 무엇이든 하겠다며, 그녀보다 어린 십 대 아이돌과 재혼을 위해 미호에게 이혼을 요구했다. 재산분할을 위한 지루한 법적 공방을 할 거란 사람들의 말과 달리, 미호는 남편에게서 받은 것 없이 아기만 데리고 나오는 조건으로 이혼했다.

호사가들은 그녀의 처지를 수군거렸다. 어린 나이에 사랑이 아닌 돈을 택하더니 결국 벌을 받는 것이라는 둥, 대저택의 재벌 남편에게 버림받고 결혼 전 살던 낡은 아파트로 돌아와 홀로 아이를 키우는 인생이라니, 하면서.

그러나 아들을 데리고 외출하는 미호는 여전히 아름다워서 옛 팬들을 설레게 했다. 보컬만이 아니라 작곡을 공부하던 미호는 옛 기획사의 요청으로 동요를 만들어 발표하기도 했다. 팬들이 가끔 찍어 올리는 사진 속의 미호는 아이를 안고 웃고 있어서, 그녀를 입에 올리는 사람들을 의아하게 만들고는 했다.

재벌에게 버림받아 아이만 남은 이혼녀는 분명 불행할 것이라고들 했다. 아이가 삶의 방해물이라 여겨 살 의욕을 잃었을 것이며, 아이를 안은 미소도 카메라 앞에서의 꾸며낸 모습일 거라고. 미호는 넘치는 말들에 아무 대답도 하지 않았다.

미호의 아들은 네 살이 되면서 더듬더듬 말을 하기 시작했다.

모자가 함께 벚꽃이 흩날리는 공원을 거닐던 날, 미호의 아들이 공원 한쪽을 가리키며 말했다.

"엄마, 저기, 울고 있는 아줌마들이 있어."

미호는 아들이 가리키는 공원 가장자리를 보았다. 아무도 없었다.

"왜 다들 모르는 체해? 소리도 없이 계속 울고 있는걸."

어린이집 가방을 열어 휴지며 손수건을 꺼내 든 아이가 고개를 들고 갸웃거렸다.

"아, 다 사라져버렸어. 빨리 닦아줬으면 좋았을 텐데. 다 어디로 간 걸까?"

미호의 얼굴을 본 아이가 놀란 표정으로 말했다.

"엄마, 아무것도 못 본 거야? 설마, 나한테만 보여?"

미호가 말했다. "괜찮아." 아이의 불안한 눈동자에 미호가 미소를 지었다.

"넌 남들이 못 보는 세상을 보는 거야."

"네가 보는 세상을 보던 사람이 있었거든."

"누구?"

"나중에 얘기해줄게. 엄마가 선물도 받았으니까."

"선물? 그게 뭔데? 엄마, 나도 보여줘."

미호는 웃는 아이를 꼭 껴안으며 웃음을 되돌려주었다.

검은 옷의 남자와 그가 주운 고양이

초판 1쇄 발행 · 2022년 4월 29일

지은이 · 김리원
펴낸이 · 김요안
편집 · 강희진
디자인 · 부추밭

펴낸곳 · 북레시피
주소 · 서울시 마포구 신수로 59-1
전화 · 02-716-1228
팩스 · 02-6442-9684
이메일 · bookrecipe2015@naver.com | esop98@hanmail.net
홈페이지 · www.bookrecipe.co.kr | https://bookrecipe.modoo.at/
등록 · 2015년 4월 24일(제2015-000141호)
창립 · 2015년 9월 9일

ISBN 979-11-90489-55-3 03810

종이 · 화인페이퍼 | 인쇄 · 삼신문화사 | 후가공 · 금성LSM | 제본 · 대흥제책